지금
나에게
필요한 것들

지금
나에게
필요한 것들

오광진 지음

미래북
miraebook

| 지 | 금 | , | | 나 | 에 | 게 | | 필 | 요 | 한 | | 것 | 들 |

'행복 속에서 살 것인가, 불행 속에서 살 것인가'는
전적으로 당신의 선택에 달려 있습니다.
삶이 행복한 자와 그렇지 못한 자의 원인은
결국 마음가짐에 있는 것입니다.

정신적인 것과 물질적인 것은 일치한다는 말이 있습니다.

이 말은 말이라기보다는 하나의 법칙입니다. 우울한 마음으로 살아가는 사람은 우울한 일을 당하며 우울한 인생을 살아갑니다. 의기소침한 마음으로 살아가는 사람은 무슨 일을 해도 제대로 되지 않고 오히려 남들에게 피해를 주며 간신히 살아갑니다. 신경질적인 사람과 무기력한 사람도 마찬가지입니다. 반대로 긍정적인 사고로 희망을 품고 자신감 있게 살아가는 사람은 성공적인 삶을 살다 갑니다.

긍정적인 사고를 할 때마다 우리 뇌에서는 천재의 호르몬이라고 불리는 '베타엔도르핀'이라는 호르몬이 분비된다고 합니다. 반대로 부정적인 사고를 할 때는 우리 뇌에서 '노르아드레날린'이라는 호르몬을 분비하는데 이 호르몬은 독사의 맹독과 맞먹는 독성을 지녔다고 합니다.

삶이 행복한 자와 그렇지 못한 자의 원인은 결국 마음가짐에 있는 것입니다. 몸에 독성이 쌓였는데 삶이 즐거울 리가 있겠습니까? 짜증과 무기력이 생기는 건 당연한 현상일 것입니다. 근심과 조바심과 짜증이 우리를 말려 죽이는 피로 독소인 것입니다. 이 독소를 해독할 수 있는 호르몬이 베타엔도르핀이며 이 호르몬을 생성하는 원료는 긍정적인 마인드를 갖는 것입니다.

긍정의 힘은 부정할 수 있는 능력에서 나옵니다. 인명(人命)은 재천(在天)입니다(자연의 순리). 결국 죽고 사는 문제는 하늘의 뜻입니다. 그러나 '긍정적인 마인드로 사느냐, 부정적인 마인드로 사느냐'는 전적으로 우리들의 문제인 것입니다. 어차피 살아야 할 인생이라면 긍정적으로 살다 가는 것이 훨씬 이로운 삶이 아닐까요?

이 우주는 음양(陰陽)으로 이루어져 있듯, 지옥과 천당이 따로 있는 것이 아닙니다. 밤이 있으면 낮이 있듯 지옥이 있으면 천당도 있습니다. 이 두 개의 세상은 시작과 끝이 맞물려있는 것처럼 떨어져 있지 않고 당신이 살고 있는 바로 여기에 있습니다. 즉 당신이 어떻게 마음을 먹느냐에 따라 지옥에서 살게 되기도 하고 천당에서 살게 되기도 하는 것입니다.

'행복 속에서 살 것인가, 불행 속에서 살 것인가'는 전적으로 당신의 선택에 달려 있습니다. 더 구체적으로 당신의 마음가짐에 달려 있습니다. 그것에 대한 키워드는 긍정과 부정입니다.

여기에 실린 글은, 지금까지 살아오면서 나를 비롯한 수많은 시행착오와 쓴 과오를 겪고, 함께 살아가는 사람들을 보면서 얻게 된 나름의 교훈과 깨달음을 엮은 것입니다. 그렇다고 내가 이 책에 실린 글처럼 살고 있다고 자신할 수는 없습니다. 다만 '경험이 훌륭한 스승'이라는 말을 겸허히 받아들이며 그렇게 살려고 노력할 뿐입니다.

바라건대, 이 글이 행복한 삶을 만들고 성공적인 인생을 살다 가고픈 당신을 위해 조금이나마 도움이 되기를 바랍니다. 그리고 상처받은 이들에게 어머니의 손길 같은 위로와 투박하지만 따스한 아버지의 숨결 같은 손길이 되어 지친 당신의 등을 토닥일 수 있기를 바랍니다.

청평산방에서
오광진

CONTENTS

1 불빛을 찾아오려는 당신에게

2 새벽을 열고 싶은 당신에게

3 처음으로 돌아가고 싶어 하는 당신에게

4 어둠을 걷고 나오려는 당신에게

1

불빛을 찾아오려는
당신에게

거짓말

거짓말이 탄로 나면 두 날개 꺾인 새와 마찬가지 신세가 되고 맙니다.
신뢰라는 것을 잃었기 때문입니다.
신뢰를 잃게 되면 그 자리에 의심이라는 것이 자라게 되며
의심이 시작되면 사이가 점점 멀어집니다.
신뢰가 꺾이는 건 한순간이지만
믿음은 아름다움이 들어와 쌓이는 것이므로
시간의 숙성이 필요합니다.
신뢰가 무너졌을 때 믿음을 다시 얻기란 정말 힘들어서
사람들은 힘든 길을 택하기 보다는 포기 쪽을 선호합니다.
그러다 보면 사람들은 그 사람에게서 점점 거리를 두게 됩니다.
이렇듯 거짓말의 시작은 인간관계의 종말을 의미합니다.

Positive Think

+

비난 1

그대 주위에 열 명의 사람이 있다면
그중 두 사람 정도는 그대를 시기하거나
비판, 비난을 하는 사람일지도 모릅니다.
그중 두 사람은 그대에게 더없이 좋은 사람일지도 모릅니다.
그리고 나머지는 이도 저도 아닌 사람들일지도 모릅니다.
그대는 어느 부류에 주목하고 집중할 것인가요?

많은 사람들은 웬만하면 모든 부류의 사람들을 포용하고
만족시키고 싶어 합니다.
그리고 인정받고 싶어 합니다.
그러나 그건 매우 버거운 일입니다.
그건 신이라 추앙받는 존재들도 어려운 일입니다.
하물며 우리 같은 속인들은 어떻겠습니까?
그러한즉, 그런 일에 시간 낭비할 필요는 없지 않을까요?
우리에게 남은 인생은 이제 좋은 것만 보고, 좋은 말만 하고,
좋은 사람만 만나면서 살아가기에도 빠듯한 시간이 남았을 뿐입니다.

혹 주위에 그대를 비난하는 사람이 있거들랑 애먼 감정노동은 하지 마십시오.
비난하는 사람들은 타인을 비난함으로써 자기가 대단한 사람이라는 느낌을 갖고 싶어 하기 때문입니다. 유치한 만족감을 느끼기 위함이니 차라리 측은지심(惻隱之心)을 갖는 것이 더 이익이 아닐까 합니다.
쇼펜하우어가 말하기를 "천박한 사람들은 훌륭한 사람들의 결점과 실수에서 엄청난 즐거움을 느낀다"고 했습니다. 그는 이어 이런 말도 남겼습니다. "소심한 사람은 아주 사소한 비판에 대해서도 흥분하고 화를 내지만, 현명한 사람은 그로부터 어떤 교훈을 얻는 법이다"라고.

덧붙여 근심을 줄일 수 있는 가장 좋은 방법은, 누군가에게 자기 고민을 털어놓는 것입니다. 걱정거리를 혼자 품고 있으면 심각한 신경적 긴장을 불러온다고 합니다. 그의 고민에 귀 기울여 주고 '공감'해 줄 사람이 이 세상에 있다는 것을 알려주는 것만으로도 그 사람의 감정은 정화됩니다.

동물이 인간보다 위대한 이유

인간을 일러 만물의 영장(靈長)이라고 합니다.
정말 그럴까요?
혹시 지구상에 제일 나약한 존재들이 인간이 아닐까요?
종교는 나약한 사람들을 위해 만들어졌다고 해도 과언이 아닐 것입니다.
냉정하게 생각해 보면
내가 나약하니 무언가 의지하려고 한 것이 아니던가요?
거기에서 가르침을 받아
더욱 강건해지기 위해 종교를 갖는 것이 아니던가요?

인간을 제외한 동물은 종교가 없습니다.
동물은 비가 안 온다 해서 기우제(祈雨祭)를 지내지 않습니다.
그저 최소한의 움직임으로 비가 올 때를 기다릴 뿐입니다.
또한 내일을 위해 오늘을 걱정으로 살지 않습니다.
오늘을 중요하게 여겨 지금을 충실하게 살 뿐입니다.

우리와 친근한 개도
주인에게 잘 보이기 위해 꼬리를 흔들 일을 생각하지 않고
오늘을 위해 꼬리를 흔듭니다.
또한 아까 혼이 난 것 때문에
지금 놓인 밥을 안 먹진 않습니다.
그냥 오늘을 잘 살고 지금에 충실할 뿐입니다.

이것이 동물이 인간보다 위대한 이유입니다.

실 망

실망은 소망을 잃은 것입니다.
대개 소망을 잃으면 허망함에 빠지기도 하고
때론 배신감과 함께 분노도 생깁니다.
그러나 실망은 현실을 직시하게 합니다.
이것이 실망이 가지고 있는 능력입니다.

실망을 하고 경멸이 생기는 것은 누구나가 겪는 정상적인 것이며
우리를 성장시키는 일입니다.
자신이나 누군가에게 실망을 했다고 너무 낭패스러워하지는 마십시오.
당신은 지금 성인이 되어 가고 있는 것이니까요.

모략

사람을 몹쓸 사람을 만드는 데 가장 크게 일조하는 것은
다름이 아닌, 사람이 쓰는 '말'일 것입니다.
말이라는 게 발 없이 천 리를 가고 무한대의 공간 이동과
범위 확대 능력을 지닌 거라서 확대 해석도 가능합니다.
이것으로 인해 오늘도 수많은 사람들이 아파하고
분노하고 있을지도 모릅니다.

내가 하는 말로 인해 오늘 미워하던 사람이 내일 죽을 수도 있습니다.
자괴감 때문에 더한 지옥에서 살게 될지도 모릅니다.
그리되면 내 마음이 평안해질까요?
말이라는 건 이렇게 사람을 죽일 수도 있습니다.
하지만 죽어 가는 사람을 살릴 수 있는 것도 말입니다.
왜냐하면 말에는 체온이 담겨 있기 때문입니다.

한 치 앞도 모르는 게 인간사(人間事)입니다.
앞으로 좋은 것만 보고 좋은 말만 하고 살아도
빠듯한 세월이 남았을 뿐입니다.

이름의 중요성

이 세상에 가장 훌륭한 말은 무엇일까요?
그건 자기 이름입니다.
그 사람의 품성이 제아무리 저급해도
그 사람의 이름만큼은 저급하지 않습니다.
다만 이름값을 못하고 있을 뿐입니다.

자기의 이름처럼만 살아도
이 세상은 정말 아름다운 세상이 될 것입니다.
제아무리 우스꽝스러운 이름이라도 풀이를 해보면
훌륭하지 않은 이름이 없습니다.
유교에서는 이름을 짓는 것을 정명론(正名論)이라고 합니다.
공자의 정명론에는 이런 일화가 있습니다.
벼슬 운이 없는 제자들이 공자에게 물었습니다.
"만약 스승님께서 벼슬을 얻게 되면 어떤 일을 먼저 하시겠습니까?"
그러자 공자 왈, "이름을 바로 세우는 일을 먼저 할 것이다."
즉, 이름값을 하라는 이야기입니다.
그것이 삶의 근본이고 정치의 근본이니까요.
이름값을 하기 위해서는 삶을 대하는
자기의 자세도 중요하지만, 불러주는 사람도 중요합니다.
어떤 가정에서는 자식들의 이름을 부를 때
이름 앞에 수식어를 붙여 부른다고 합니다.
'마음씨가 고운 아무개야, 멋진 아무개야.'처럼 말이지요.
그러자 이 아이들의 성격이 부르는 이름대로 형성되었다고 합니다.

Positive Think

+

조언자

인생을 살아가면서 우리는 수많은 사람을 만나고 그만큼 헤어집니다. 사람 사는 세상에서 사람만큼 중요한 것이 또 있을까요? 어떤 사람을 만나느냐에 따라 흥망성쇠가 좌우된다고 해도 과언은 아닐 것입니다. 어떤 사람을 만날 것인가? 앞으로 남은 인생 속에서 만나야 할 사람도 만나게 될 사람도 많을 것입니다. 그중에서도 이 두 사람은 필히 만나야 합니다.

'내 말에 귀 기울여 주는 사람과 조언을 해 주는 자.'

들어주는 사람.

말하는 것보다 힘든 것이 들어주는 것입니다. 말하는 것은 내보내는 것이요, 듣는 건 받아들이는 일이기 때문입니다. 말하는 것은 덜어냄이요, 들어줌은 말 그대로 무거운 짐을 같이 들어주는 것입니다.

그리고 조언을 해 주는 사람.

어차피 인생은 혼자서는 살아갈 수 없는 구조입니다. 제아무리 사람이 싫어 세속을 떠나 산속에 파묻혀 살아도 자연과 교감하지 않으면 고사한 고사목(枯死木)과 같습니다. 예수와 부처가 제아무리 오늘날 칭송받은 성인(聖人)이라도 그들 주변에 사유의 대상이 없었다면?

그들에게 있어 사유의 대상은 모든 만물을 포함한 타자(他者)에서 생겨났습니다.

타자가 바로 조언자 역할을 한 것입니다. 그러나 이 조언자가 어떤 조언자냐에 따라 비단길로 갈 수도 있고 가시밭길로 갈 수도 있습니다.

중국을 최초로 통일한 진시황 옆엔 한비자가 있었고 칭기즈칸 테무친에겐 야율초재가 있었으며 유비에겐 제갈공명이 있었습니다. 만약 이들이 없었다면 진시황이나 칭기즈칸이나 유비가 나라를 세우고 다스릴 수 있었을까요?

특히 야율초재를 신임한 칭기즈칸은 등용에 있어 출신 성분을 따지지 않고 오로지 그의 능력만을 보고 발탁했다고 합니다. 야율초재는 칭기즈칸이 정복한 나라의 사람이었으며 당대 모든 학문을 섭렵한 지식인이었습니다. 엄밀히 보면 적이었지만 칭기즈칸은 그것을 떠나 그의 능력을 높게 산 것입니다. 야율초재는 세상 만물의 이치를 꿰뚫어 보았던 사람이었습니다. 그가 남긴 말이 있습니다.

"하나의 이익을 얻는 것이 하나의 해를 제거함만 못하고, 하나의 일을 만드는 것이 하나의 일을 없애는 것만 못하다."

야율초재의 이런 조언을 귀담아 듣지 않고 정복욕이 앞섰다면 칭기즈칸은 아마도 세계를 정복하지 못했을 것입니다.

세상을 살아가면서 '몸에 좋은 보양식을 먹는 것보다 더 중요한 것은 몸을 상하게 하는 음식을 삼가는 것이다'라고 말해 줄 수 있는 조언자가 있다면 불안한 삶에서 벗어날 수 있을 것입니다.

세상을 움직이는 건

굵은 동아줄도 한 올 한 올의 실이 모여서 질긴 밧줄이 되고
벽돌 한 장 한 장이 쌓여 집이 만들어지듯이
인간이 가지고 있는 하나하나의 감정들이 모이면
세상을 움직일 수 있는 힘이 생깁니다.
국가 권력이 불합리한 일을 저질렀을 때 우리는 분노를 합니다.
그러나 한 개인의 분노만으로
국가 권력에 대항한다는 건 무모한 짓입니다.
하지만 이러한 감정이 하나둘 모이면 태산을 이뤄,
부정을 저지르는 국가 권력을 무력화할 수 있습니다.
한 국가의 주인이 국민이라고 하는 것은 이것 때문입니다.

부끄러움

온당치 못한 일을 했을 때
부끄러움이 찾아옵니다.
그러나 이건
진정한 부끄러움이 아닙니다.
부끄러움을 느낀다는 건
양심이 있기 때문입니다.
정말로 부끄러운 건
내가 부끄러운 짓을 해 놓고
부끄러운 것인지 모르는 게
부끄러움입니다.

사랑할 권리

사랑에 버림받은 사람들은 자기 비애로 좌절합니다.
두 번 다시는 사랑을 하지 않으려 할지도 모르며
사랑할 권리마저 잃었다고 생각할지도 모릅니다.
그러나 사랑하는 사람끼리 헤어졌다고 해서
사랑할 권리마저 없어진 것은 아닙니다.

사랑할 권리는 우리에게 영원히 주어진 특권입니다.

그 특권을 사용하지 않고
자물쇠로 채워놓는 사람은 가장 가난한 사람입니다.

잊지는 마세요.
당신에게는 또다시 사랑할 권리가 있다는 것을요.

이별

누구나 이별을 합니다.
인간의 삶은 이별과 뗄 수 없습니다.

우리는 매일같이 이별을 합니다.
아침과도 이별하고 어제와도 이별하며
좀 전에 먹었던 달콤한 사과와도 이별합니다.
그렇기에 이별 연습은 인생 수업의 필수 과목입니다.

방심과 안심

겨울 눈길에서 일어나는 미끄럼 사고는
단 1초 동안이라도 방심하면 생길 수 있습니다.
고속도로에서 미끄럼 사고가 일어나면
대형 사고로도 이어지기도 합니다.
방심(放心)이란 방정맞은 마음이란 의미입니다.
그런데 사전에선 방심을 이렇게 정의해 놓았습니다.

1. 마음을 다잡지 아니하고 풀어 놓아 버림. [비슷한 말] 산심(散心).
2. [같은 말] 안심(安心) - 모든 걱정을 떨쳐 버리고 마음을 편히 가짐.

위에서 보듯 방심을 안심과 같은 말이라고도 하는데
사전적 오류인 것 같습니다.

두려운 것

낯선 곳에 가면 생경스럽기도 하지만 두렵기도 합니다.
낯선 사람을 만나면 경계가 생기고 두려움도 생깁니다.
그러나 그것들보다 더 두려운 것이 있습니다.
그건 익숙함이 주는 두려움입니다.
나에게 가장 큰 상처를 주는 사람은
나와 가장 친하고 익숙한 사람이 아니던가요?
그냥 지나치는 사람이 욕을 해도 그때뿐 지나가면 그만이지만
나와 친숙한 사람들의 배신과 죽음은 큰 상처와 큰 슬픔을 남깁니다.
그래서 익숙한 것이 더 무서운 것입니다.

익숙하다는 것은 '믿는다'는 말로도 바꿔 쓸 수 있습니다.
믿음의 대상이 사라지고 깨지는 순간 허망함과 더불어
배신감과 상실감 그리고 분노가 찾아옵니다.
낯선 곳에서의 두려움엔 공포감은 있어도
가슴이 잘려나가는 듯한 상실감은 없습니다.

익숙함에서의 두려움을 없애려면 어떻게 해야 할까요?
그건 익숙한 대상에 익숙해져 있듯 이별에도 익숙해지면 됩니다.
이별 연습은 인생을 살면서 해야 할 필수 과제입니다.
이별 연습의 키워드는?
역지사지(易地思之)의 입장이 되는 것입니다.
우리는 그것을 '그럴 수도 있다'고 말합니다.
이것이 반복되다 보면 어느새 우리는 상처와 배신에도 담담해지고
죽음도 담담히 받아들일 수 있을 만큼 초연한 사람이 되어 있을 것입니다.

동심

어른이 된다는 것.
어쩌면 우리는 동심을 버리는 것을 어른이 되는 관문으로
알고 있는지도 모릅니다.
동심이 진정 어른이 되는 길에 발목을 잡는 장애물일까요?
성숙하지 않은 미숙한 마음일까요?

피카소가 이런 말을 했습니다.

"정교한 그림을 그리는 건 힘들지 않지만
다시 어린아이가 되는 데는 사십 년이 걸렸다."

가장 깨끗한 마음은 동심입니다.
만약 당신에게 아직도 동심이 남아 있다면
당신은 철이 없는 사람이 아니라
진정 깨끗하고 고결한 사람입니다.

내려놓기 1

나를 버겁게 하는 것들로부터 자유로워지고 싶고
너무도 힘들기에 내려놓고 싶습니다.
그러나 마음과는 달리 내려놓을 수가 없습니다.
왜일까요?
그건 아직도 당신이 견딜 만하기에 그런 것입니다.
펄펄 끓는 냄비를 잡는 순간 모든 사람은
그 냄비를 "앗, 뜨거!" 하며 내려놓습니다.
당신의 냄비는 아직도 덜 뜨겁습니다.
내려놓으려고 애쓰지 마십시오.
더 뜨거워지면 본능적으로 내려놓게 될 테니까요.

그럼에도 불구하고 뜨거운 냄비를 놓지 못하고 있다면
그 냄비 속에 황금 같은 것이 들어있어서 그런 건 아닐까요?
그것을 우린 욕심이라고 부르고 미련이라 부릅니다.
많은 사람들은 이것 때문에 손에 화상을 입고
속이 타들어가 까만 재가 남았을 때
후회를 합니다. 그리고 그제야 알게 됩니다.
내가 나에게 미안한 짓을 저질렀다는 것을.

독서

독서는 책에만 국한된 말은 아닙니다.
좋은 글은 책에만 있는 것이 아니라
여기저기 읽을 만한 좋은 글은 많습니다.
독서의 궁극적인 목적은 지식 습득과 더불어 길을 찾는 데 있습니다.
책을 많이 읽은 것은 자랑할 게 아닙니다.
한 권을 읽더라도 제대로 내 몸에 들어오면
백 권의 책을 읽은 것보다 더 나은 것이 독서입니다.
그러나 이것은 알고 있으십시오.
백 권의 양서보다 더 좋은 책은
'산책'이라는 것을요.
자연을 읽는다는 것.
그건 세상 이치를 아는 것입니다.

미국의 소설가 헨리 밀러가 이런 말을 했습니다.
"나의 훌륭한 독서는 화장실에서 이루어졌다."
일상생활에서 시간을 잘 활용하면 아무리 바쁜 세상이지만
독서 시간을 확보할 수 있을 것입니다.

Positive Think
+

짝사랑

짝사랑이 힘든 이유는 시작부터 끝내는 순간까지
혼자 해야 하는 가슴앓이이기 때문입니다.
그러나 반대로 생각하면 혼자해서 혼자
끝낼 수 있다는 것이 짝사랑의 좋은 점이기도 합니다.
받은 것이 없기에 부담감도 없습니다.
하지만 언제나 가슴 한편은 허허롭습니다.
행여 그 사람을 스치듯 보는 날에는 또다시 희망고문이 시작됩니다.
희망고문이 쌓여갈수록 마음은 더 힘들어집니다.
고백을 하고 싶어도 거절당할까 두렵습니다.
결국 이 두려움 때문에 고백을 못하고 맙니다.
고백을 못했기에 짝사랑입니다.
고백을 하면 상대의 의사 여부에 따라 짝사랑은
온사랑이 되고 외사랑이 되기도 합니다.
외사랑보다는 짝사랑이 덜 아픕니다.

고백을 못한 짝사랑은 훗날 추억이 될지는 모르지만
그보다도 '그때 고백이라도 한번 해볼 걸' 하는
미련이 되어 남아 있기도 합니다.
이것을 '제이가르닉 효과'라고 합니다.
제이가르닉 효과는 우리가 살아가면서 겪는 일에 대한 기억 중에서
특정한 일에 대한 아쉬움의 기억이 오랫동안 남아 있는 것을 말합니다.

미련과도 같은 말입니다.
미련이 많이 남을수록 후회 또한 많아집니다.

미련을 줄일 수 있는 방법은 선택권을 전가(轉嫁)하는 것입니다.
만약 당신이 누군가를 좋아하고 거절당할 것이 두려워 망설이고 있다면
고백하는 편이 좋습니다.
고백을 하는 순간 선택은 당신이 몫이 아니고 상대자의 몫이 되니까요.
우리는 매사 선택의 순간 속에서 살고 있습니다.
어떤 일이든 망설임이 많아지고 거절당할 것을
두려워하는 사람은 결코 성공된 인생을 살지 못합니다.
실패도 성공해야 성공도 성공할 수 있습니다.
거절을 두려워하지 마십시오.
당신이 망설이는 순간에도 시간은 흘러갑니다.
거절당해도 괜찮습니다.
그건 당신이 정말로 소중한 무언가를 얻기 위한 통과의례니까요.
당신을 거절한 사람에게 감사하십시오.
그건 당신에게 또 다른 사람을 선택할 수 있는 기회를 열어준 것이니까요.

기생충

우리 몸에는 삼시충이라는 기생충이 있습니다.
이 기생충은 뇌에 들어가 사람의 감정을 조종하는 역할도 한다고 합니다.
감정 조절이 잘 안 되는 이유는
어쩌면 우리 뇌에 이와 같은 벌레가 있어서일지도 모릅니다.
이 기생충은 학문 탐구를 외면하게 하고
식욕과 성욕을 밝히게 한다고도 합니다.
혹 주위에 이와 같은 증상이 과한 사람들이 있다면 자기 의지와는 다르게
기생충에게 지배를 받고 있는 것인지도 모른다고 생각하십시오. 그러면 측
은지심이 생길 것이고 그로 인해 생기는 불쾌감도 조금은 수그러질 것입니다.

사회공동체에서 지켜야 할 도리를 벗어나 내가 아닌 다른 것에 의해 지배를
받는다는 것은 노예입니다. 그것도 사람이 아닌 기생충에게 지배를 받고 있
는 것입니다. 사람의 몸도 공동체이기에 이와 별반 다르지 않습니다.
내 몸에 기생하는 벌레에게 지배를 받는다는 건 내 집 안방을 도둑에게 내
어주고 종살이를 하고 있는 것과 마찬가지입니다.
참으로 어처구니없는 일입니다.
혹여 당신이 그렇다면 너무 걱정하지 마십시오.
이 사실을 아는 순간 당신은 이 벌레를 퇴치하게 될 테니까요.

문자

누 군 가

당신에게 가끔씩 잘 지내는지 안부를 물어오는 문자가 온다면
당신은 지금 잘 살고 있는 것입니다.

누 군 가

당신에게 어떻게 지내고 있냐고 문자를 보낸다면
자기의 존재를 기억해 달라는 의미가 섞여 있는 것입니다.

당 신 이

누군가에게 잘 지내고 있냐는 문자를 보내고 있다면
그 사람이 혼자가 아님을 알려주는 것이고

당 신 이

누군가에게 어떻게 지내냐고 문자를 보낸다면
어쩌면 나는 지금 잘 못 지내고 있으니
나를 찾아 달라는 의미가 섞여 있는 것이기도 합니다.

그런 존재가 있고 그럴 존재가 있다는 것
그렇기에 당신은
혼자가

아
닙
니
다.

노예

돈이 세상을 사는 데 수단이 되지 않고 목적이 된다면
당신은 노예에서 벗어나질 못합니다.

사람에게 노예가 되는 건 억울한 일이지만
무생물체인 돈의 노예가 되는 건 창피한 일입니다.
그런데 그보다 더 창피한 건
노예에게 노예가 되는 것입니다.

사람은 돈을 따르려 하면 죽습니다.
쫓아가느라 힘겨워서 죽고
눌려서도 죽고
공짜 돈 받아먹으면 부메랑에 맞아서 죽습니다.

돈을 거부하라는 말이 아니라
소유물을 늘리기 위한 돈벌이가 아닌
여행을 하기 위해서라든가 능력 개발이나 경험을 쌓기 위해서 등등
내적 자산을 늘리기 위한 투자 수단으로 돈벌이를 한다면
돈의 노예가 될 일은 없을 것입니다.
그건 돈이 당신을 이용하는 것이 아니라
당신이 돈을 이용하는 것이니까요.

돈이 없어서 아무것도 못한다고요?
그래서 조바심도 나고 비참함을 느낀다고요?

당신 집으로 들어오는 햇살을 막아서는 나무가 한 그루 있다고 칩시다.
그 나무를 어쩌실 것입니까?
베어내면 당신의 집으로 햇살이 들어올 것입니다.

당신의 마음에도 햇살을 막아서는 나무가 조바심과 비참함이라는 이름으
로 서 있습니다.
집을 막아서는 나무를 베듯 그 나무들도 베어내면 됩니다.
그런 후에 햇살이 들어오기를 기다리십시오.
이미 가버린 버스의 뒤를 보지 말고 다음 버스를 기다리듯 그렇게.

그런데도 불구하고
조바심과 비참함을 동반한 비루함이 있다면
당신은 지금 지나간 버스 뒤를 보고 있는 것이며
아직까지 노예의 근성이 남아 있는 것입니다.

'삐쳤다'와 '화났다'의 차이

싸움을 한 후에는 삐치거나 화가 나거나 하는
두 가지 안 좋은 감정이 생깁니다.

삐친 것과 화가 난 것의 차이는
상대의 다친 마음을 보듬으려 할 때 말을 하지 않으면 삐친 거고
상대에게 손을 내밀었을 때 가시 돋친 목청을 높이면 화가 난 것입니다.
삐침은 나와의 관계 선상에 있겠다는 말이고
화남은 나에게서 떨어져 나갈 수도 있다는 말입니다.

희망 1

희망이란?
날 기운 나게 하는 것.
하루에 한 가지씩이라도 희망을 만들어 보세요.
그것이 오늘을 잘 살 수 있는 방법 중에 하나이기도 합니다.

카르페 디엠!
카르페는 '잡는다'는 뜻이고
디엠은 '현재'라는 뜻입니다.
'지금을 잡는다'는 말은 '오늘을 잘 살자'는 말과 상통하는 말입니다.
행복한 사람은 이렇게 현재를 잡으며 살고 있는 사람입니다.

현명함

애초부터 현명하게 태어난 사람은 한 사람도 없습니다.
현명함은 살아가면서 경험을 통해서건 책을 통해서건 공부를 통해서건
체득하는 것입니다.
그러나 멈춰진 자들은 현명함을 체득하지 못합니다.
고인 물이 썩듯 사람도 멈추면 썩기 때문입니다.

사기에 걸리지 않으려면

사기에 걸리지 않으려면
내 처지보다 과하다 싶으면 사양하십시오.
그러면 사기에 걸릴 일은 없습니다.

완벽주의 1

완벽주의를 추구하는 자는 외롭습니다.
자기 자신에게도 철저한 사람입니다.
그렇기에 한 번의 실패에 남들보다 상처를 더 크게 받습니다.
자존심도 세기 때문에 한 번에 안 되는 것에 극도의 스트레스를 받습니다.
타이트한 옷보다 헐렁한 옷이 편하듯
완벽을 추구하는 사람보다는
좀 느긋하고 느슨한 사람이 좋습니다.
이런 사람은 잠도 잘 잡니다.
잠을 잘 자는 것도 능력입니다.

숙면은 모든 걸 내려놓을 때 찾아옵니다.
내려놓을 줄 아는 사람이니 능력자입니다.
그렇기에 완벽주의자보다
숙면을 취하는 사람이 더 나은 사람입니다.

욕심이란?

열등반에 다니는 열 살 된 아이가 물었습니다.
아이 : 아빠, 공부를 잘하고 싶은 것도 욕심이에요?

아빠 : 공부를 잘하고 싶어 하는 등의 목적이나 목표는 욕심이 아니란다. 공부를 하지 않으면서 성적이 좋게 나오길 바라는 게 욕심이지. 과학자가 되고 싶다거나 연예인이 되고 싶어 한다거나 우등생이 되고자 하는 바람은 욕심이 아니야. 목적을 달성함에 있어 과정에서 스트레스가 생기면 그건 욕심이었기 때문에 그런 거야. 또한 결과에 연연하게 만드는 것이 욕심이고 그 결과 때문에 마음이 불편하거나 아프면 그것이 욕심이었기 때문에 그런 거야. 욕심이 아닌 것은 미련과 집착과 아픈 마음이 생기질 않아.

우정

우리는 필요에 의해 사람을 만난다 해도 과언이 아닐 것입니다.
그러다 보니 쓰임을 다하면 버려지기도 합니다.
어찌 보면 친구도 마찬가지입니다.
진정한 우정을 맺고 싶다면
그 우정이 필요 없을 때 맺는 것이 좋습니다.
그리되면 계산적인 비즈니스 관계에서 벗어날 수 있습니다.

가장 슬픈 것

가장 슬픈 것은
이 세상에 사랑하는 것이 없다는 것이고
그보다 더 슬픈 일은 사랑하는 것이 떠나갔다는 것입니다.
그러나 너무 슬퍼하진 마십시오.
인생은 헤어지고 만남의 연속이라
그 시간이 지나면 또다시 생겨나는 것들이 그것들이니까요.

버림

열매를 맺는 나무는 반드시
꽃을 버리고
냇물도 강물에서 벗어나야
바다가 됩니다.

자연의 이치가 이렇듯
인생도 무언가 버리고 나면
반드시 얻게 되는 무언가도 있습니다.

교육

배우기만 하고 생각하지 않으면
얻게 되는 것이 없습니다.

그렇다고 생각만 할 뿐 배움의 실천이 없으면
그 자리에 매양 머물러 있는 바위와 같습니다.
교육은 배우고 생각하는 반복적인 과정이 잘 배합되어야 합니다.

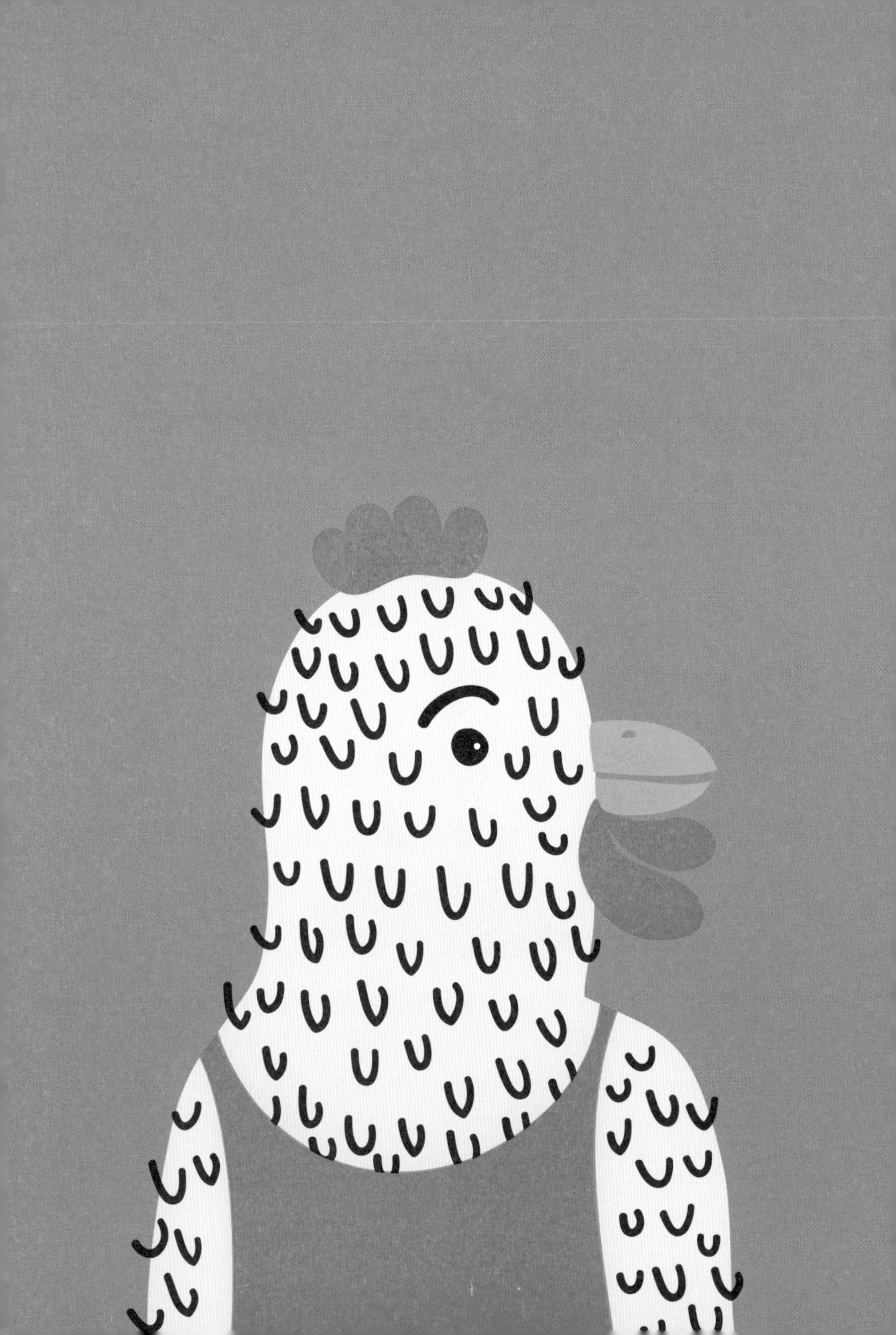

안타까움

미운 오리 새끼가 백조임을 모르는 것보다 더 안타까운 일은
오리가 백조라고 착각하며 사는 것입니다.
보석이 자기가 보석임을 모르고 사는 것보다 더 안타까운 일은
잡석이 보석이라고 착각하면서 사는 것입니다.
대인이 자신이 대인인 줄 모르는 것보다 더 안타까운 일은
소인배가 자신이 대인배인 양 착각하며 사는 것입니다.
이것보다 더 안타까운 것은
착각임을 알면서도 모른 척 살고 있는 사람들입니다.

그러나 이것보다 더욱더 안타까운 일은
자신을 알면서도 진일보(進一步)에 노력하지 않고
체념과 멈춤을 택하는 사람들입니다.

분노의 중요성

사랑과 분노는 동전의 양면과 같습니다.
사랑이 없으면 분노를 다스릴 수 없듯

분노가 있기에
사랑의 중요성을 느끼게 되는 것입니다.

우리가 미처 몰랐던 인체의 비밀

피가 몸을 완전히 한 바퀴 도는 데 46초가 걸리고
인간의 혈관을 한 줄로 이으면 112,000km로,
지구를 두 번 반이나 감을 수 있다고 합니다.

혀에 침이 묻어 있지 않으면 맛을 알 수 없고
코에 물기가 없으면 냄새를 맡을 수 없으며
두 개의 콧구멍은 3~4시간마다 그 활동을 교대하는데
한쪽 콧구멍이 냄새를 맡는 동안 다른 하나는 쉰다고 합니다.

갓난아기는 305개의 뼈를 갖고 태어나는데
커 가면서 여러 개가 합쳐져서 206개 정도 되고
사람의 뇌는 몸무게의 2%밖에 차지하지 않지만
뇌가 사용하는 산소의 양은 전체 사용량의 20%이며
뇌는 우리가 섭취한 음식물의 20%를 소모하고
전체 피의 15%를 사용한다고 합니다.

이 정도 알기도 어려운데 얼마나
더 많은 것이 인체에 숨겨져 있을까요?
그래서 인체가 신비하다고 하나 봅니다.
이렇게 신비로 이루어진 우리 몸,
더욱더 소중히 다뤄야겠습니다.

비난 2

심리학적으로 비난은
고통과 불안을 잊기 위한 기재라고 합니다.
그러므로 비난을 하는 사람은
고통과 불안에 떨고 있는 사람이기도 합니다.
어찌 보면 안쓰러운 사람이기도 합니다.
가장 저급한 방법으로 고통과 불안을 퇴치하려고 하니까요.

지나간 것

물고기는
물을 거스를 수 있어도

한 번 흐른 물은
물을 거스를 수 없습니다.

우리에게 이미 지나간 것은
흐르는 물과 같습니다.

지나간 것에 집착하는 동안도
시간은 당신을 기다려주지 않습니다.

용기

라틴어로 심장을 뜻하는 **'cor'**가 어원인
용기**(courage)**는
내가 누군지 진심을 다해
말할 수 있다는 뜻이라고 합니다.

누군가에게 진심을 다해 말하는 당신은
용기 있는 사람입니다.

이런 사람이 좋다

자기가 보석인데도 보석인 줄 모르는 사람.
원하는 걸 얻었을 때 오만해지지 않는 사람.

저와 반대인 사람은?
불쌍한 사람.

집착보다 더 슬픈 것

놓지 않으려고 발버둥치는 집착보다 더 슬픈 것은
어쩌면 포기가 아닐까 합니다.

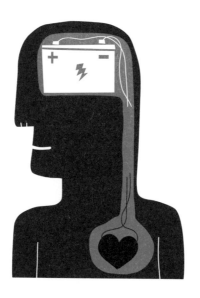

그건 더 이상 그것에 대한 희망을
가질 수 없다는 것이니까요.

가장 무서우면서도 가장 큰 것

눈에 보이는 것만이 다가 아닙니다.
눈에 보이지 않는 것이 가장 무서운 것이며
가장 큰 것입니다.
공기가 그렇고 세균도 그렇고
사람의 속마음이 그렇습니다.

밀림의 왕자 사자가 제아무리 강하다 해도
귀에 들어가 윙윙거리는 파리한테는 집니다.
거대한 몸집을 지닌 하마도
작은 모기를 피해 물속으로 들어가고 맙니다.
사람 역시 눈에 보이지 않는 아주 작은 세균 때문에 죽기도 합니다.

작다고 낮잡아 보다간 큰 코 다칩니다.

리더십

무력으로 리더가 되는 것보다
지혜와 덕으로써 리더가 되는 것이
더 오래갑니다.

나폴레옹이나 칭기즈칸이 한때
세계에서 가장 강력한 정복자이자
리더였지만
예수나 부처는 지금까지도
많은 사람들의 리더입니다.

격려

입으로 먹는 것만이
보약이 아닙니다.
귀로 먹는
보약도 있습니다.
입으로 들어가는 보약은
돈이 들어가지만
귀로 먹는 보약은
돈도 들지 않습니다.
그것을 '격려'라고 부릅니다.

고뇌

누구나 행복하길 원합니다.
그러나 많은 사람들은 행복보다는 불행에 적극적일지도 모릅니다.
하지만 그런 그들도 행복하길 원합니다.
행복은 우리의 삶을 풍요롭게 하고 나의 육체에 활력을 주니까요.

행복은 건강한 정신에서 비롯됩니다.
건강한 정신을 길러주는 것은 아이러니하게도 고뇌입니다.
즉, 고뇌가 정신을 강건하게 만들어 주는 자양분입니다.
정신을 건강하게 하려면 행복도 연습을 해야 합니다.

행복의 시작은 욕심의 부피를 줄이는 것에서부터 시작합니다.
채우려는 욕심이 행복을 방해하는 가장 큰 걸림돌이기에
하나하나 제거해 나가야 합니다.
그리고 '나는 왜 불행한가?'라는 생각 대신에
나를 감사하게 만드는 것들에 대해 생각해야 합니다.
어쩌면 지금 처한 상황 때문에
우리는 수많은 감사함을 놓치고 사는지도 모릅니다.

사랑

인간에게 가장 신묘한 약은 사랑입니다.
사랑을 하게 되면 없던 힘도 생겨납니다.
지금 내가 고통스럽더라도
그럼에도 불구하고 살아볼 만하게 만드는 것이 사랑입니다.
우리는 사랑을 통해 살아오면서 겪었던 모든 시련을 보상받습니다.
그렇다고 사랑을 기다리진 마십시오.
배가 아프면 약국을 찾아가듯
기다리는 것보다 내가 사랑을 찾아 떠나는 것이
훨씬 빠르며 현명한 길이 될 것입니다.

좋은 것이 값진 이유

나쁜 일에 빠져드는 것엔 시간이 오래 걸리지 않지만
좋은 일이 일어나는 데에는 오랜 시간이 걸립니다.
그리고 인내가 필요합니다.

그만큼 나쁜 일에서 벗어나는 데에는
많은 인내와 시간이 필요하기 때문에
좋은 것이 값진 것입니다.

감정과 이성

안 좋은 **감정**에서 비롯되는 거친 행위를
이성으로 멈추게 할 수 있는 사람은 그리 흔하지 않습니다.
양심에 의해서 잘못인줄 알면서도 행하는 것은
내 속을 조종하는 선입견이나 **욕심**에서 비롯되었기 때문입니다.
이것을 잔잔하게 만드는 방법은 **양심**에 따라 놔두는 것입니다.
가장 편안한 삶은 **양심**에 따라 사는 삶입니다.

사람의 마음을 얻으려면

성심으로 상대의 말을 들으십시오.
자기 말에 귀 기울여 주는 사람에게 마음이 더 갑니다.

섣불리 비난하지 마십시오.
함부로 뱉은 말에 사람이 죽을 수도 있고
비난을 좋아하는 사람은 아무도 없기 때문입니다.

진심으로 좋아하십시오.
누구나 자기를 좋아하는 사람을 좋아합니다.

칭찬을 자주 하십시오.
따뜻한 한 마디의 말이 오리털보다 더 따뜻하게 만듭니다.

유머를 간직하십시오.
유머를 할 줄 몰라도 됩니다. 그것을 이해하는 것이 중요하니까요.
인간에게 가장 강한 힘은 유머입니다.

넓은 마음으로 이해하십시오.
마음이 넓은 사람에겐 경계심이 사라집니다.

이왕이면 크고 환하게 웃으십시오.
잘 웃는 사람에겐 긍정적인 에너지가 넘쳐 흐릅니다.

웃음 1

웃음과 긍정은 건강과 행복의 원천이라고 합니다.

여섯 살 난 아이는 하루에 삼백 번 정도 웃고
별 탈 없이 사는 성인은 하루에 평균 열일곱 번 정도 웃는다고 합니다.
여러 가지 이유가 있겠지만,
어쩌면 어른이라는 체면 때문에 웃음에 인색한 것도 한몫하지 않았을까요?
짧다면 짧은 인생에 웃을 수 있는 여유가 있는 사람이
진정 행복한 사람입니다.
그러므로 남에게 웃음을 주는 사람은 자신은 물론
남도 행복하게 해주는 사람인 것입니다.
아프리카나 인도인들은 욕심을 부리지 않고
자연의 순리대로 살아간다고 합니다.
남의 것에 욕심이 없기에 웃음을 잃지 않고 평화스럽게 살아가는 것입니다.

2

새벽을 열고 싶은 당신에게

신념

'믿는 만큼 이루어진다'는 말이 있습니다.
이 말은 괜한 말이 아닙니다.
인간은 본래 현실 생활에서 대단한 흡인력을 가지고 있습니다.
이 흡인력은 과학적으로 풀 수 없는 초자연적인 힘입니다.
'나는 무엇이 되고 싶다, 이렇게 되었으면 좋겠다'라고
강하게 믿으면 자기가 품고 있는 곳으로 서서히 다가갑니다.
그러나 여기에 의심과 비관과 나약함이 끼어들면
그 힘은 약화되고 맙니다.
이것은 산과 염기가 부딪혀
자기의 성질을 잃어버리는 것과 같습니다.
성공한 사람들의 특징은
강한 신념들을 가지고 있다는 것입니다.
이 힘은 정신적인 사유에서 시작합니다.
이러한 힘은 누구에게나 있습니다.
차이는 그것을 발견하고 못하고의 문제이며,
자신을 믿느냐 믿지 못하느냐의 문제가 있을 뿐입니다.

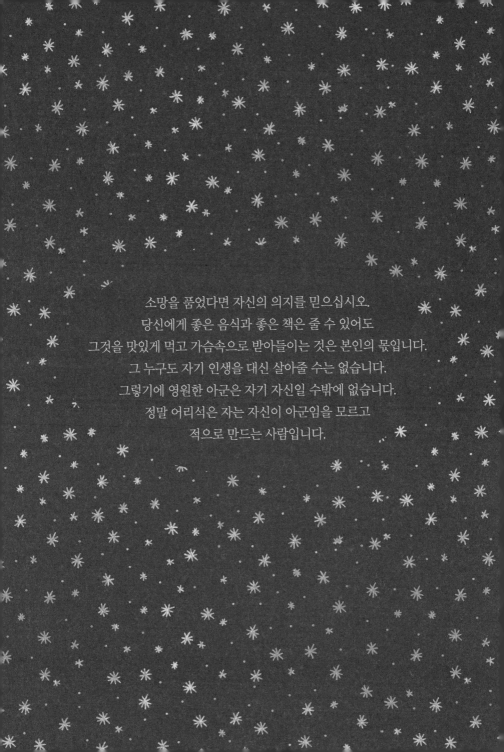

소망을 품었다면 자신의 의지를 믿으십시오.
당신에게 좋은 음식과 좋은 책은 줄 수 있어도
그것을 맛있게 먹고 가슴속으로 받아들이는 것은 본인의 몫입니다.
그 누구도 자기 인생을 대신 살아줄 수는 없습니다.
그렇기에 영원한 아군은 자기 자신일 수밖에 없습니다.
정말 어리석은 자는 자신이 아군임을 모르고
적으로 만드는 사람입니다.

추행

요 근래 언론에서나 일상생활에서 제법 많이 오르내리고 있는 말이
'추행'이란 말입니다.
추잡한 행위가 추행임을 모르는 사람은 거의 없습니다.
그러나 자기가 하는 행동이 추행임을 모르는 사람들이 의외로 많습니다.

추행이란?

상대가 싫어함에도 불구하고 그 상대에게 내가 좋아하는 행동을 일방적으
로 하는 것을 말합니다. 이건 폭력을 넘어선 폭압(暴壓)입니다.
상대가 싫어하면 하지 않는 것이 도리입니다.
사람을 향한 욕망의 절제 또한 성숙입니다.
일방적인 사랑이 과하면 순애보가 아니라, 상대에겐 고문입니다.

사랑은 둘이 같은 마음일 때 아름다울 수 있습니다.

그렇지 않고 사랑을 강요한다면 그건 추행입니다.

남녀의 이해

∥

위 동화들의 공통점은 남자 주인공들이 하나같이 왕자라는 것입니다.
만약 남자 주인공들이 능력자가 아니었으면
잠자는 공주에게 키스를 한 남자는 범법자가 되었을 것입니다.

위 동화를 통해 알 수 있는 건
남녀는 차이가 있다는 것입니다.
남자는 여자를 바라봄에 있어 조급함이 있는 반면
여자는 조급해하지 않고 시간을 오래 둘 만큼
계산이 빠르다는 것을 알 수 있습니다.
계산이 빠르다는 것은 자기 실속을 차린다는 것보다는
그만큼 여성의 눈이 사람을 택할 때 남자들 눈보다 신중하다는 의미입니다.
그건 남녀의 뇌가 달라서입니다.
여자의 뇌는 남자에 비해 계산 능력이 빠르다고 합니다.
뿐만 아니라, 언어능력도 남자보다 월등하며
한 번에 여러 가지 일을 할 수 있는 능력도 있습니다.
단지 힘이 약할 뿐입니다.
남녀가 이렇게 다르듯,
인정과 존중과 기다림은 남녀 사이에 필수일 것입니다.

Positive Think

+

안목

춘추전국시대에 천리마를 알아본다는 백락(伯樂)이라는 사람이 있었습니다.

어느 날 준마를 시장에 내다 팔려고 하는 자가 백락을 찾아와서 이렇게 말했다고 합니다.

"저에게는 준마 한 마리가 있습니다. 이 말을 팔려고 시장에 나간 지 사흘이 되었지만, 누구 하나 관심을 보이는 자가 없습니다. 한번 와서 저의 말을 봐준다면 고맙겠습니다."

백락은 준마 장사꾼이 안쓰러워 말을 봐주었다고 합니다. 그 말은 백락의 생각보다 훨씬 준수했습니다. 백락은 감탄했습니다.

"훌륭한 말이로다."

백락의 모습을 지켜본 사람들은 백락의 말에 그 말이 구하기 어려운 준마라는 것을 알고 본래보다 훨씬 높은 가격으로 앞다투어 사려고 했다고 합니다.

백락(伯樂)이라는 말은,

명마 중 천리마를 찾아내는 능력자를 의미하기도 하지만, 명마도 백락을 만나야 세상
에 알려지듯이 현명한 사람 또한 그 사람을 알아주는 자를 만나야 출세할 수 있음을
비유한 말이기도 합니다.

제아무리 훌륭한 명마라도 어떤 주인을 만나느냐에 따라 수레를 끄는 말이 될 수 있
듯 사람도 마찬가지입니다. 어떤 사람을 만나느냐에 따라 인재가 짐꾼이 될 수가 있
고 짐꾼이 인재가 될 수도 있습니다.

진정한 강함

병들어 노쇠해진 노자가 병석에 누워 제자 상용에게
마지막 가르침으로 준 교훈이 있습니다.

노자
내 혀가 남아 있느냐?

상용
네.

노자
그럼 내 이는 남아 있느냐?

상용
없습니다.

노자
그래, 이렇게 강한 것보다 부드러운 것이 마지막까지 살아남는 법이다.

낙숫물이 댓돌을 뚫고 제아무리 거센 태풍일지라도
나무는 쓰러뜨려도 부드러운 버드나무 가지와 잎은 꺾질 못합니다.
사람의 관계도 이와 마찬가지입니다.
항상 날선 칼처럼 대립각을 세우고 사는 사람보다는
부드러운 사람이 오래갑니다.
만약 대립각을 세우고 사는 사람의 주위에 사람들이 떠나지 않고 있다면,
그건 그 사람이 좋아서라기보다는
그 사람이 가지고 있는 특권 때문일지도 모릅니다.
그러나 그 특권이 사라지면
사람들은 그에게서 머물러 있지 않게 됩니다.
특권 의식에 사로잡혀 사는 사람은
결코 친구를 얻을 수 없습니다.
진정 센 사람은 약한 사람한테는 약하고
센 사람한테는 강한 사람입니다.

비열함의 잣대

비열한 자는 없이 사는 사람에게 함부로 대합니다. 그와 반대로 자기를 이롭게 하는 무언가를 가지고 있는 사람에게는 절대로 무시를 하는 법이 없습니다.

인도에 가면 어린아이들이 적선받으려고 여행객에게 몰려든다고 합니다. 이 아이들의 동냥 행위를 모른 척하면 그 아이들은 비참해하는 것이 아니라 오히려 그 여행객을 측은지심으로 바라본다고 합니다. 왜일까요? 오래전 유대사회엔 '슈노렐'이라는 직업이 있었습니다. 슈노렐이라 함은 '거지'를 말합니다. 이 거지는 엄연히 하느님의 허락과 지시를 받고 생겨난 영험한 존재들이라고 합니다. 유대인들은 이 슈노렐을 통해 베풂의 감사함을 배웠습니다. 아무리 남루한 차림이지만 그 속에는 영민한 지혜가 있을 수도 있었기에 경건한 마음으로 그들을 대했습니다. 즉, 슈노렐이라는 거지가 생긴 진정한 의미는 겉모습에 내 눈을 멀게 하지 말고 그 뒤에 감춰진 지혜를 보라는 의미였습니다.

비열한 자는 돈 냄새는 잘 맡지만
절대로 이와 같은 지혜를 보지 못합니다.
냄새를 잘 맡는 코보다는 세상의 아름다움을 볼 수 있는
눈을 가진 것이 더 좋지 않을까요?

스트레스

스트레스가 안 좋은 이유는 내 마음도 상하게 하지만 육체도 상하게 하기 때문입니다. 호르몬의 불균형으로 심혈관 질환이 생길 수 있으며 관절염을 유발하기도 하고 불임의 원인이 되기도 합니다. 또한 스트레스가 지속되면 스트레스 호르몬이 과식이나 폭식을 일으킵니다. 그래서 스트레스가 길어지면 살이 찌는 것입니다.

반대로 스트레스를 받으면 체중이 감소하기도 합니다. 그것은 스트레스를 갑자기 받았을 때 그로 인해 식욕이 없어졌기 때문에 생기는 일시적인 현상입니다.

그러나 스트레스가 무조건 나쁜 것은 아닙니다. 스트레스가 없으면 삶이 지루해질 수도 있습니다. 권태로움이 삶을 무기력하게 만들기도 합니다. 어찌 보면 스트레스 또한 우리의 삶에 함께 묻어가야 하는 삶의 일부분일지도 모릅니다. 무기력해지지 않으려면 새로운 것을 찾거나 만들게 됩니다. 그것이 삶을 능동적으로 만드는 창조적 생활입니다. 무기력에서 벗어나 창조적인 생활을 하게 만드는 것에 일조하는 것이 어쩌면 스트레스가 아닐까요? 다만 적당히 삶 속에서 균형을 맞추는 것이 중요할 것입니다.

창조

우리가 살아가는 데 없어서는 안 될 것 중에 하나가 창조입니다.
창조가 있어야 우리의 삶과 질이 변합니다.
창조가 없는 삶은 다람쥐가 가지고 노는 쳇바퀴일 뿐 그 이상은 아닙니다.
창조가 없는 사람은 숨만 쉴 뿐 기계나 마찬가지입니다.
창조란, 이름처럼 거창한 것은 아닙니다.
일상생활에서 만나게 되는 새로움을 말하는 것입니다.
새로운 곳을 가고 새로운 사람을 만나고 새로운 것을 접하고.
어제와 다른 날을 만드는 것이 창조입니다.

샤르트르가 이런 말을 했습니다.

"창조의 의지는 정복의 의지와 같다."

창조는 우리가 살고 있는 세상에 하나의 그림을 만들어 덧붙임으로써
이 세상의 주인이 되는 일이기 때문입니다.

굶 주 림

지금 세계는 세계 인구의 7분의 1 정도의 사람이
먹지를 못해 만성 영양실조 상태라고 합니다.
일곱 명 중 한 명에 당신과 내가 끼지 않은 것이
다행이고 축복입니다.
그런데 그것이 축복임을 모르고 삽니다.
계속해서 그것을 인지하지 못하고
감사할 줄 모른다면
축복에서 축출당할 수도 있습니다.

섹스

많은 연인들이 착각하는 것 중에 하나가 섹스에 의한 인간관계입니다.
남녀가 만나 사랑을 하면 서로를 보고 싶어 합니다.
보고 싶다는 것은 만지고 싶다는 의미이기도 합니다.
보고픔이 짙어질수록 서로에 대해 만지는 횟수 또한 잦아집니다.
그러다가 관계가 좀 더 가까워지면 섹스를 합니다.
몸을 공유하면 사이가 더욱 공고히 다져졌다고 생각합니다.
그러나 사실 섹스는 사랑하는 관계의 통과의례 중 하나이지 완성이 아닙니다.
여기에서 착각이 일어납니다.
마음과 마음이 상통했고 몸도 상통했으니 서로의 사람이라고 생각하겠지만
만약 당신이 섹스 후에 상대와 함께
무엇을 해야겠다는 생각이 들지 않는다면
당신은 그 사람을 성욕으로만 원했을 뿐이지
결코 사랑하는 대상이라 말할 수 없습니다.
사랑의 대상은 섹스 후에도
여전히 무언가를 함께 하고 싶어지는 사람입니다.

결혼

결혼은 서로의 혼이 결합한 상태를 말합니다.
그래서 아무리 부부더라도
서로의 혼이 결합되지 않은 상태라면 그건 결혼이 아닙니다.
그걸 두고 '이혼'이라고 합니다.
어찌 보면 법적으로만 결혼일 뿐 정신적으론
이혼한 사람들이 더 많을 것입니다.
그런데도 불구하고 아직까지 이혼한 사람들에게 손가락질을 합니다.
이혼은 법적인 용어인데도
거기에 편견을 두고 사는 사람들이 너무도 많습니다.

진짜 결혼한 부부들은
이혼한 사람들에게 관심이 없습니다.
왜냐하면
서로 사랑하기에 바쁘니까요.

보내야 하는 이유

한쪽 마음이 이미 떠난 상태인데도
죽어도 헤어질 수 없다는 사람이 있습니다.
나만 행복하기 위한 욕심 때문입니다.

그런데 그렇게 살면 정말 행복할까요?
마음을 돌아오게 하는 데
몇 번이고 노력을 했는데도 불구하고 돌아오지 않는다면
그 사람을 위해서가 아닌 자기를 위해서라도 보내주어야 합니다.

**이미 마음이 돌아선 사람에게 있어
당신과 같이 있는 공간은 지옥입니다.**

먹기 싫은 반찬은 안 먹으면 그만이지만
싫은 사람과 같이 있는 건 그 자체가 곤혹이니까요.
그 누구도 지옥에서 살고 싶어 하는 사람은 없습니다.
당신 또한 그렇게 사는 것이 지옥이 아니었던가요?

보내주는 것.
그것이 진정으로 당신의 자존심을 지키는 것입니다.
또한 당신에게도 새로움이 열리는 길입니다.

독선의 체재가 독재입니다.
역사를 보면 독재는 처절하게 무너집니다.
당신도 그렇게 될 수 있습니다.

거울

거울은 현실 세상의 모든 것을 비추어 줍니다.
자기의 모습도 비추어 줍니다.
사실 그대로 비추어 줍니다.

당신이 만약 지독한 비애스러움에 젖어있다면 거울을 보십시오.

조용한 거울 속을 조용히 들여다보다
조용하지 않은 것을 발견하고 미안해질 것입니다.

질투

영국의 철학자 버트런드 러셀이 이런 말을 했습니다.
"거지가 질투하는 대상은 백만장자가 아니라 좀 더 형편이 나은 다른 거지다."
당신이 만약 누군가 질투를 하고 있다면
그 사람이 지금 당신과 비교해봤을 때
얼마나 더 나은 사람인지 생각해 보십시오.
당신의 질투의 대상이 만약 당신하고 비등한 관계라면
그 사람을 질투하기 이전에 자신의 못남을 먼저 꾸짖으십시오.
질투해서 이득될 건 아무것도 없습니다.
질투는 패배자임을 인정하는 자백입니다.

자신보다 나은 사람은 질투의 대상이 아니라
사숙(私淑)의 대상입니다.

유효기간

우유에만 유효기간이 있는 것이 아닙니다.
우리가 보고, 만지고, 관계하는 모든 것들이
저마다 유효기간을 가지고 있습니다.

인간관계에도 유효기간이 있습니다.

유효기간이 지난 우유를 먹지 못하듯, 유효기간이 지난 것은
기억에만 남을 뿐 실존적 가치로서의 기능은 잃은 것입니다.
자동차가 제 기능을 못하면 폐차하듯, 나에게서 이미 떠나
미련이나 집착이라고 부를 수 있는 것들은 폐기물 처리하십시오.
유통기한이 지난 우유를 마시면 탈이 생기듯, 나에게서 떠난 일에
미련을 두는 것도 내 마음에 탈을 일으킵니다.
그럴 시간에 새로움을 찾고 받아들이십시오.

새로움은 나에게 언제나 신선한 우유를 공급합니다.

이것이 삶의 순환입니다.
피가 순환되지 않으면 결국 사람은 죽듯,
인생도 순환되지 않으면 멈추고 맙니다.
새로움은 창조고, 창조는 인생을 순환시키는 데
매개적 역할을 하는 것입니다.

가장 좋은 말

가장 좋은 말은 입에서 나오지 않습니다.
이 말은 세상의 온갖 소음을 침묵으로 걸러내고
느끼려고 할 때 들립니다.
꽃이 피는 소리
향기가 코끝에 내려앉는 소리
청아한 소리를 내며 흐르는 시냇물 소리
새가 울 때의 청명한 소리
따스한 햇볕이 내 몸을 감싸는 소리
신선한 아침 공기가 온 대지로 유영하는 소리
잔잔한 호수에 내려앉는 윤슬의 소리
찾아보려면 얼마든지 많습니다.
이처럼 입으로 나오는 소음에 귀를 막고
말의 포로에서 벗어날 수 있는 사람은
행복할 수 있습니다.

가난해지려는 사람들의 특징

가난해지려는 사람들은 불만이 많습니다.
가난해지려는 사람들은 불평이 많습니다.
가난해지려는 사람들은 남의 탓을 합니다.
가난해지려는 사람들은 비평이 아닌 비난을 합니다.
가난해지려는 사람들은 아직 닥쳐오지 않을 문제에 조바심을 냅니다.
가난해지려는 사람들은 자기비관을 잘합니다.

가난해지려는 사람들의 특징을 한 마디로 축약하면 '나약'입니다.
나약은 '나 약한 사람'의 준말입니다.

가난해지지 않으려고 한다면
위의 것들에 길들여지지 않으면 됩니다.

아프다는 것

마음이 아프다는 건
감정이 싸우고 있는 중이라는 것이기에
살아 있다는 증거지 죽은 것이 아닙니다.
근육도 만들어질 때 끊어졌다 붙었다 하는
과정을 거치느라 고통이 따릅니다.
그러하듯 마음이 아프다는 건
감정의 근육을 강화하고 있다는 의미입니다.

**정말로 죽은 건
감각과 감정이 생기지 않는 것입니다.**

소심한 사람들

"한 나라를 무너뜨릴 수 있는 가장 빠른 방법은 그 나라의 통화를 타락시키는 것"이라고 케인즈가 말했습니다. 즉, 인플레이션을 발생시키면 굳이 무력을 쓰지 않아도 나라를 망하게 할 수 있다는 말입니다. 이렇게 빠른 방법이 있는데 왜 총칼을 들고 전쟁들을 할까요? 참 멍청한 바보들이고 소심한 사람들입니다. 다시 말해 전쟁을 일으키는 사람들은 소심함을 뽐내는 사람들입니다. 이제는 소심한 사람들에게 놀아나는 짓은 그만두었으면 합니다.

발견

인생은 숨은 그림 찾듯이 무언가 발견하면서 사는 것입니다.
발견이라는 것은 멀리 있지 않습니다.
눈에 보이는 것 바로 뒤에 있습니다.
단점 뒤에 장점도 있는데
우리는 단점만 더 잘 봅니다.
그건 하얀 도화지에 여백은 못 보고 점만 보려는 것과 마찬가지입니다.
여백은 여유와도 비슷한 말입니다.
삶의 여유는 더 많은 것을 보게 만들고 풍요롭게 만들어 주며
두려움도 어쩌지 못하게 만듭니다.

진정한 친구는 나의 단점에 대해 참견이 아닌 조언을 해주는 사람입니다.
진정한 친구는 그 조언을 감사히 받지만
그렇지 않은 친구는 조언이 아닌 비난으로 받아들여 비판의식을 가집니다.
당신 또한 친구에게 단점을 말한 적이 있을 것입니다.
만약 그때의 감정이 괴로웠다면
그건 조언이 아니고 참견이었기 때문입니다.

결손

'결손'이란 말의 사전적 의미는
어느 부분이 없거나 잘못되어서 불완전한 것을 말합니다.
한마디로 '모자라 부족한 것'을 말하는 것입니다.

부모 중 누구 하나 없는 가정을 보고 결손 가정이라고 하는데
이게 얼마나 잘못된 말인지 모릅니다.
부모가 있으되 무언가 모자라면 그게 결손이고
자식이 없는 집도 결손이고
경제력을 비롯하여 외적으로 보이는 모든 걸 다 갖추고 있어도
양심이 없다면 그것도 결손입니다.
어찌 보면 결손이 아닌 사람이 없습니다.
그렇기에 결손 가정이라고 비하하거나 편견을 가지고 있는 사람은
누워서 침 뱉는 것과 같습니다.

가장 큰 잘못

털어서 먼지 나지 않는 사람이 없듯
불가피하게 우리는 많은 실수와 후회 그리고 잘못을 하며 삽니다.
당신이 저질렀던 가장 큰 잘못은 무엇입니까?
만약 당신이 그 잘못이 무엇인지 알고 있다면
그것은 가장 큰 잘못이 아닙니다.
가장 큰 잘못은 자신의 잘못을 인지하지 못하고 사는 것이니까요.

운

'**운**'자를 거꾸로 하면 '**공**'이 됩니다.
여기에서의 공은 '공(功)들이다' 할 때 쓰는 그 공이 아니라
허공처럼 비어있는 '**공(空)**' 상태를 말합니다.
나에게 안 좋은 일이 생기면 나를 탓하기보다는 운을 탓합니다.
아무것도 되는 일이 없다 보니 무언가 책임 전가를 시킬 수밖에요.
엄밀히 보면 아무것도 없는 상태인 공이 되니 화가 나는 것입니다.
그러나 운을 탓하거나 남을 탓하는 것은 나약하기 때문입니다.

그런 사람일수록 '**공**'자는 싫어하면서 '**공짜**'는 좋아합니다.
한글 표기는 다르지만 발음은 똑같습니다.
그래서인가요?
공짜를 좋아하면 머리카락이 비는 대머리가 된다는 속설이 있습니다.
이런 말이 나온 건 괜한 우연이 아닌 것 같습니다.
이런 속설도 머리카락이 비는 '**공**' 상태를 말하는 것이니까요.
내가 강건하면 외부의 것에서 문제를 찾지 않고 내 안에서 문제를 찾습니다.

선과 악

선과 악은 시공간에만 있는 것입니다.

시공간을 벗어나면 없습니다.

초월했기 때문입니다.

카리스마

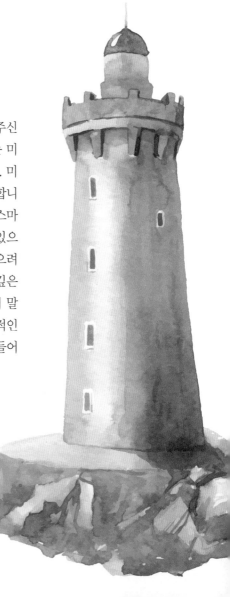

카리스마의 유래는 그리스어로 '신이 주신 재능'에서 나왔다고 합니다. 그 재능에는 미래를 예측하는 영적 재능도 포함됩니다. 미래를 예측한다는 것은 선견지명을 의미합니다. 즉, 선견지명이 있는 사람들은 카리스마를 지니고 있는 것입니다. 선견지명이 있으려면 사리에 밝아야 합니다. 사리에 밝으려면 통찰력을 길러야 합니다. 통찰력은 깊은 사유와 냉철한 관조에서 생깁니다. 다시 말해, 카리스마는 타인이 갖지 못한 천부적인 특성이 아니라 개인이 갈고 닦아서 만들어지는 것이기도 합니다.

성장이 멈춘 사람들의 특징

성장이 멈춘 사람들의 목소리는 언제나 큽니다.

각박합니다.

옹색합니다.

세속적입니다.

본능으로만 삽니다.

그들의 무기는 거만과 무시입니다.
상대를 무시함에 우월감을 느낍니다.
그러나 근시안적 사고로 당장은 눈앞에 만족을 주지만
결국 미숙아로 살다 죽습니다.

태도

만약 당신이 매일 버거운 인생 속에 살고 있고
그것에서 벗어나고 싶다면 한 가지 방법은 있습니다.
매양 같은 인생을 바꾸려면 태도를 고치면 됩니다.
태도란 움직이는 도를 말하는 것입니다.
몸의 움직임, 마음의 움직임이 바뀌면 내 일상생활도 달라지고
어제 머물러 있던 곳이 오늘은 다르게 느껴집니다.
그렇지 않고 항상 같은 태도로 산다면
항상 얻어 온 것만을 얻게 될 것입니다.
그리고 최종엔 '이것'을 얻게 될 것입니다.
이것 또한 '태도'라는 말에 답이 있습니다.
태도를 거꾸로 읽어보십시오.
'도태'가 됩니다.
결국 변화를 주지 않으면 도태됩니다.

고난

산에 오르면 아래로 펼쳐진 풍경을 볼 수 있습니다.

그러나 우리는 그런 풍경을 보기까지
올라가야 하는 힘든 과정을 겪습니다.
고난이란 그런 것입니다.

고난의 과정이 있기에 성과에 웃을 수 있는 것입니다.

Positive Think

+

'나'라서 좋다

풍연심(風憐心)이라는 말이 있습니다.
"바람은 마음을 부러워한다"는 뜻입니다.

아주 옛날 발이 하나밖에 없는
기(夔)라는 전설의 동물은
발이 100여 개나 되는 지네를 부러워했고
지네는 발이 없어도 잘 다니는 뱀을 부러워했으며
뱀은 움직이지 않고도 멀리 갈 수 있는
바람을 부러워했다고 합니다.
그런데 이런 바람에게도 부러움의 대상이 있었습니다.
그것은 움직이지 않고도 어디든 갈 수 있는 눈(目)이었습니다.
허나 이런 눈에게도 부러워하는 것이 있었으니 그건,
보지 않고도 무엇이든 상상할 수 있고 어디든지 갈 수 있는 마음이었습니다.
그런 마음에게 눈이 물었습니다.
"마음아, 넌 세상에서 부러운 것이 없니?"
마음이 대답했습니다.
"있어! 내가 가장 부러워하는 것은 전설의 동물인 외발 달린 기(夔)야."

어쩌면 우린 이렇게 가지지 못한 것을 부러워하느라 정작 자기를 못 보면서 살아갈지도 모릅니다. 혹시 그 무엇에 부러움이 있다면 그 부러움을 잠시 내려놓고 나라서 좋은 것들을 생각해 보십시오. 그러면 새삼 자기가 보이고 자기에게 감사함이 생길 테니까요.

결국 자기 안의 아름다움을 발견하는 사람이 진정한 깨달음을 얻는 사람일 것입니다.
세상에서 가장 소중한 것은 결국 자기 자신인 것입니다.
그렇기에 세상에서 가장 아름다운 것은 바로 '나'입니다.

화해

침팬지는 싸우고 난 뒤 키스를 한다고 합니다.
사랑의 의미가 아닌 화해의 몸짓입니다.
수컷과 암컷이 키스를 하는 것이 아니라
수컷끼리 싸우고 난 뒤 포옹과 키스로 화해를 한다고 합니다.

그러나 사람들은 싸우고 난 뒤 서로 원수지간이 되기도 합니다.
전 세계 168개 문화권을 조사한 결과
사랑하는 남녀가 키스를 하는 사회는 46%에 불과하다고 합니다.
화해 방법에 대해선 인간이 원숭이에게 배워야겠습니다.

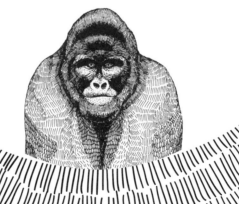

간섭과 조언의 차이

무언가 되려고 하는 자체는 욕심이 아닙니다.
그러나 그것이 안 된다고
괴로운 마음이 생기면 그건 욕심입니다.

왜냐하면 그건 집착이니까요.
간섭과 조언의 차이도 이와 비슷합니다.

상대에게 무슨 말을 했을 때
내가 괴롭지 않으면 조언을 한 것이고
내가 괴로우면 그건 간섭이기 때문입니다.

희망 2

희망은 어디에 있을까요?

희망은

반드시

절망이

있는 곳에 있습니다.

돈

돈은 자본주의 사회에서 신의 권능을 부여받은 것이라는 말이 있습니다.
또 돈은 인간을 노예로 만들기도 합니다.
그러나 돈의 실체는 인간들이 가장 유용하게 부릴 수 있는 종이며
반대로 가장 악독한 주인의 대리인이기도 합니다.

진정한 부자는 소유한 것이 많아서가 아니라
원하는 것이 없는 사람입니다.
금전적으로 원하는 것이 없어지고 구애를 받지 않으면
당신도 부자가 될 수 있습니다.

망하는 나라는 돈 쓰는 것을 걱정합니다.
반대로 흥하는 나라는 돈 쓰는 것을 즐깁니다.
그리고 투자라고 부릅니다.

저 말을 나에게 대입해 보면
망하는 나는 돈 쓰는 것을 걱정하고
흥하는 나는 돈 쓰는 것을 즐긴다는 말입니다.
나에게 투자를 하는 것입니다.

사람도 이런 사람이 좋습니다.
돈보다 사람을 위에 둔 사람.

돈 아래에 사람을 둔 사람은
평생 종으로 살아가지만
사람을 돈 위에 둔 사람은
존경을 받으면서 살게 됩니다.

나라 사랑

당신은 당신을 태어나게 해준 조국을 사랑하십니까?
당신이 만약 조국에 대해 슬픔과 분노가 있다면
아직도 당신은 조국을 사랑하고 있는 것입니다.
이렇듯 당신이 누군가에게 슬픔이 남아 있고 분노가 남아 있다면
아직도 당신은 그에게 애정이 남아 있는 것입니다.
사랑이 없으면 슬픔도 노여움도 남아 있지 않습니다.

날마다 새로운 이유

피부는 우리가 숨 쉬고 있는 동안도 쉼 없이 탈피하여 4주마다 새 피부로 바뀐다고 합니다. 그렇게 보면 우리는 한 달에 한 번씩 새 옷으로 갈아입는 것입니다. 한 사람이 평생 동안 갈아입게 되는 피부 옷은 1,000번 정도 된다고 합니다. 이렇게 우린 매일 천연 옷을 갈아입고 사는데 다른 동물의 옷을 입거나 섬유질 옷을 새로 구입해서 입을 때만 새로운 기분을 느낍니다. 이것을 자각하고 새 피부를 느끼려고 하는 순간 당신은 날마다 새로움도 알게 될 것입니다.

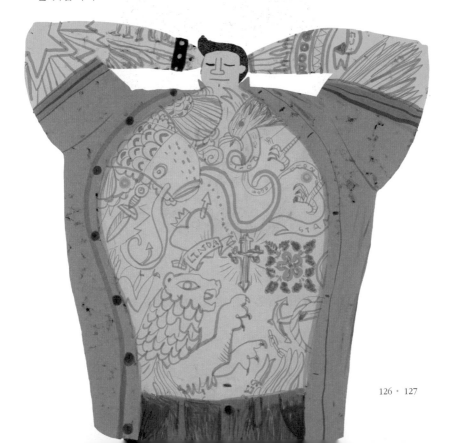

그 사람을 알고 싶다면

그 사람의 본성에 대해 알고 싶은가요?

어떤 사람은 시간이 답해주고

어떤 사람은 돈이 답해줍니다.

가벼운 사람

가벼운 사람은 나뭇잎 배와 같습니다.
나뭇잎 배는 그냥 놔둬도 가라앉습니다.
그렇기에 출발이 좋다고 부러워할 필요는 없습니다.

최고의 선물

내가 좋아하는 사람이
내게 주는 최고의 선물은
그도 나를 좋아해주는 것입니다.

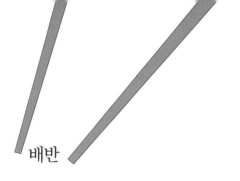

배반

인간이 무서운 이유는
배반을 할 줄 알아서입니다.
그런데 배반은 생존 본능이기도 합니다.

누군가 당신을 배반한다면 이렇게 생각하십시오.
'아, 저 사람이 살기 위해 날 배반하는구나.'
분노를 하는 것보다는 이 편이 정신 건강에 훨씬 좋을 것입니다.

최고의 고통

사람이 느낄 수 있는 고통 중에 가장 큰 고통은
불에 타는 고통이라고 합니다.
그래서 지옥불이 생겼나 봅니다.

참 다행입니다.
비록 가슴에 생채기는 생겼어도
불에 타는 고통이 아니라서.

그릇

많은 사람들은 사람의 평가 정도를 그릇의 크기로 비유합니다.
그런데 과연 많이 담고 적게 담는 것이
그 사람을 정당하게 평가할 수 있을 수 있는 잣대일까요?
조선백자 호리병에 술을 담으면 얼마나 담을 수 있겠습니까?
그럼에도 불구하고 조선백자는 도자기로서의 최고의 가치 평가를 받습니다.
투박한 함지에 최고급 요리를 가득 담았다 하여
그 그릇도 고급이라고 할 수 있을까요?

이렇듯 그릇의 가치는 용량에 있는 것이 아니라, 용도에 있는 것입니다.
사람도 마찬가지입니다.

나의 용도가 어디에 쓰이고 어떻게 담기냐에 따라 내 가치도 달라집니다.
나에게 좋은 그릇은 '나'라는 음식을 담을 수 있는 그릇입니다.

피할 수 없는 것

인생을 살아가면서 우리는 불행을 피할 수 없습니다.
그러나 좌절하진 마십시오.
넘지 못할 불행도 없으니까요.
그것을 알게 되면
자신에게 다가온 고통에도 무덤덤해질 수 있습니다.

친구란

(**친**)하기 때문에 고통으로부터
(**구**)원해 주는 것이 친구입니다.
(**친**)근한 마음 때문에
(**구**)애를 할 수 있는 것이 친구입니다.

당신을 고통에서 벗어나게 해준 것에 대한
기쁨만 가지고 있다면
그 사람은 당신의 친구이기 때문입니다.
반면에 고통에서 벗어나게 해준 후에
그 어떤 미움이 생긴다면
그 사람은 당신의 친구가 아니었기 때문입니다.

방황

방황이 꼭 나쁜 것만은 아닙니다.
인생에는 수많은 길이 있습니다.

우리가 살면서 미처 가지 못하는 길이 있습니다.

이탈은 어쩌면 가보지 못한 곳에 대한 탐험이 아닐까요?

변화

매번 결과가 똑같다면
혹시 같은 행동을 반복하고 있는지
점검해 보십시오.
같은 결과를 통해 삶이 진부하다고 느낀다면
다른 희망을 만들어보는 건 어떨까요?
희망이 없으면 변화를 기대할 수 없습니다.

웃음에 관해서 '일소일소 일노일노(一笑一少 一怒一老)'라는 말이 있습니다. 한 번 웃으면 한 번 젊어지고 한 번 화내면 그만큼 늙는다는 말입니다. 우리가 손뼉을 치며 크게 웃거나 파안대소(破顔大笑)하면 근육에 공급되는 산소량이 증가하여 웃음만으로도 훌륭한 유산소 운동이 된다고 합니다. 1분 동안만 잘 웃어도 30분 동안 운동한 효과와 같고 박장대소(拍掌大笑)나 배를 움켜쥐고 허리를 굽혀 갑자기 웃는 폭소는 생명을 하루 이상 연장할 수 있다고 합니다. 이러하니 웃음만으로도 젊어질 수밖에요.

어느 연구에 의하면 긍정적이고 활기차게 지낸 수녀들의 90%는 85세까지 산 반면, 그렇지 않고 무미건조하게 지낸 수녀 집단 중 85세까지 산 사람은 34%에 불과했다고 합니다. 이러한 연구들은 웃으며 밝게 살고 긍정적으로 사는 사람은 그렇지 않은 사람보다 더 행복하게 더 오래 사는 경향이 있음을 보여줍니다.

ahhh ... ha ha ha

3

처음으로
돌아가고 싶어 하는
당신에게

Positive Think
+

무지

인간의 존재적 가치는 의외로 대단합니다.

우리는 70억 인구 중에 한 명이며, 과거에도 없었고 미래에도 없을 존재입니다.

과학적으로 나와 똑같은 사람이 태어날 확률은 300조 분의 1이라고 합니다.

일단 어머니와 아버지가 같아야 하고 부모의 염색체를 쪼개고 쪼개서 나올 확률이 300조 분의 1인 것입니다. 단 부모가 늙지 않고 죽지 않는다는 가정하에 가능한 확률입니다.

또한, 지문이 같을 가능성은 640억 분의 1이라고 합니다.

그렇기에 이 세상 사람들의 지문은 모두 다릅니다.

이 얼마나 대단하고 위대하며 존귀한 존재입니까.

그러나 많은 이들은 자신의 가치가 얼마나 대단한지에 대해 인식을 못하고 살아가고 있습니다. 그리 된 것은 무지가 자신의 가치를 하락시키고 제약하는 최대의 요인으로 작용하고 있기 때문입니다.

자기의 실질적인 정체성을 모르면 자기 자신을 단순한 인간으로 밖에 생각하지 못하게 되고 평범한 인간으로 살 수밖에 없습니다. 따라서 우리의 능력을 제대로 펼쳐보지도 못한 채 살다 가는 것입니다.

반대로 자기의 희소성을 자각하기만 하면 우리는 무한한 능력을 가지게 됩니다. 잠재력을 끌어올릴 수 있는 힘은 자신에 대한 자각입니다.

무식과 무지는 다릅니다.

무식은 아는 게 없다는 의미이고, 무지는 지혜가 없다는 의미입니다.

진정한 친구 1

'진실한 친구 한 명은 만 명의 친인척보다 낫다'고 합니다.
우리는 살아가면서 많은 사람들을 만납니다.
그중 내 가슴을 온전히 내어줄 친구가 없다면 그건 슬픔일지 모릅니다.
진정한 친구란 어떤 친구일까요?
사랑은 눈을 멀게 하지만 우정은 눈을 감아주는 것입니다.
그래서 좋은 친구는 나의 단점을 알면서도 좋아해줍니다.
참된 친구는 나에게 하찮은 반지가 있어도 귀한 보석으로 취급해줍니다.
진정한 친구는 긴 침묵이 흘러도 그 어떤 부담감과 어색함이 생기지 않습니다.
아무리 오랜 기간 떨어져 있어도 어제 같이 있었던 사람처럼 느껴집니다.
또한 내가 절망에 빠졌을 때 기꺼이 품을 내어주고
그것을 알아차려 나에게 필요한 것을 구해주려 합니다.
내 뜻을 믿고 따라주고, 속 깊은 비밀은 무덤까지 지켜줍니다.

미국 '토크쇼의 여왕' 오프라 윈프리가 이런 말을 했습니다.
"내 리무진에 나와 함께 타고 싶어 하는 사람들은 많다.
하지만 나는 리무진이 고장 났을 때 버스를 나와 함께 탈 친구를 원한다."

사람들은 말합니다.
원수를 사랑하라고.
성인(聖人)이 아닌 바에야
원수를 사랑하는 것은 매우 힘든 일입니다.
그렇기에 그럴 시간 있으면 친구들에게
더 잘해주는 것이 현명한 일일 것입니다.

운의 실체

운이라는 것,

**누구나 운을 바라지만
누구에게나 가는 것이 운이 아닙니다.**

'운'은 운 자체에 비밀이 있습니다.
'운'자를 거꾸로 하면 비밀이 풀립니다.
'공'이 됩니다.
즉, 운이라는 것은
공(功)을 들여야 운이 되어 돌아오는 것입니다.

사랑이라는 것

누군가를 사랑한다면
그에게 모자란 것을 주고 싶은 마음이 생깁니다.
그 주고 싶은 마음은
계산되지 않은 절실함입니다.

누군가를 사랑하면
그의 몸짓과 억양을 닮아갑니다.
그건 그 사람이 단지 좋아서가 아니라
내가 그 사람이고 싶기 때문입니다.

누군가를 사랑하면
반드시 고통이 수반됩니다.
그가 눈앞에 안 보이면 보고 싶고
만지고 싶고 내 마음이 온통 그리움에 떨게 됩니다.

내가 만약 누군가와 만나고 있고
그를 사랑하는지 사랑하지 않는지를 알고 싶다면
그의 부재를 상상해보십시오.
만약 그가 이 세상에 없다고 생각했을 때 가슴이 저릿 아리면서 아파오면
당신은 그를 사랑하고 있는 것입니다.

반면 같이 살고 있으되 저와 같은 고통이 따르지 않으면
그 상대가 부모나 배우자라 할지라도
당신은 그를 사랑하지 않고 있다는 것입니다.

내 친구의 이름은?

너무도 착한 부인이 있었습니다.

두 아이들의 엄마로서, 한 남자의 아내로서, 시부모를 봉양하는 며느리로서 가정에 충실한 부인이었습니다.

그러던 어느 날 가족들을 위해 음식을 만들다가 가스폭발 사고가 일어나 한쪽 눈을 잃게 되었습니다. 남편은 외눈박이가 된 부인이 창피해서 싫어졌습니다. 남편은 부인을 외눈박이라고 불렀습니다. 남편이 부인을 외눈박이라 부르자 마을 사람들은 남편을 외눈박이 남편이라고 불렀으며 아이들에게도 외눈박이네 아이들이라고 불렀습니다.

그제야 남편은 뉘우쳤습니다. 뿌린 대로 거둔다는 말처럼 상처는 상처로 돌아오고 기쁨은 기쁨이 되어 돌아온다는 것을 알게 되었습니다. 남편은 스스로 너무 창피해서 모든 것을 정리하고 가족을 데리고 이사했습니다.

이사를 한 그곳에서 남편은 아내를 선생님이라고 불렀습니다. 그러자, 이상한 일이 벌어졌습니다. 마을 사람들이 자신의 부인을 선생님으로 부르는 것이었습니다. 또한 남편은 선생님의 남편이 되어 있었습니다.

남에게 대접받고 싶으면 나부터 남에게 대접을 해줘야 합니다.
상대를 무시하면 나 또한 무시를 당합니다.
친구도 이와 별반 다르지 않습니다.
내가 저 친구를 똥개라고 부르면, 난 똥개 친구가 되는 것이고
내가 친구를 천사라고 부르면, 난 천사의 친구가 되는 것입니다.
이처럼 상대에 대한 존중이 나의 격도 높이는 것입니다.

사람이 컴퓨터보다 월등한
대표적인 이유 두 가지

컴퓨터는 물리적으로
자료를 지워야 하지만
사람의 기억은 시간이 지나면 자동 삭제된다.

컴퓨터는 물리적으로 업그레이드를 해야 하지만
사람은 독서를 통해서도
자동 업그레이드가 된다.

사람이 컴퓨터에 열등의식을 갖는
대표적인 이유 두 가지

컴퓨터는 물리적으로 자료를 지우지 않는 한 기록이 영구 보존되지만
사람은 되새김질을 하지 않으면 자동 삭제된다.

컴퓨터는 물리적으로라도 업그레이드가 가능하지만
사람은 독서를 비롯한 그 어떤 양식을 스스로 구하지 않고
멈춰 있으면 정신과 몸이 고사된다.

평범하다는 것에 대한 오해와 착시

그대는 평범한 사람인가요? 그렇지 않은 사람인가요?
만약 그대가 지금 평범한 삶을 살고 있지 않다고 느낀다면
궁핍으로부터의 탈출이나 결핍으로부터의 해방에서
평범함을 구하고 있는 것일지도 모릅니다.
그렇다면 그건 평범함이 아닌 비범한 삶입니다.

누구나 한두 가지씩 부족함은 있습니다.
혹여 그것이 채워진다 해도 또 다른 새로운 조건을 갈망하기에
우리는 결핍으로부터 해방될 수 없습니다.
그러나 채움과 새로움이 없다면 인생 속에서 보물찾기는 없을 것입니다.
평범한 삶이란 이런 것입니다. 결핍으로부터 자유로울 수 없는 것.

그러므로 그대는 오늘도 평범한 삶을 걷고 있습니다.
너무도 익숙해서 못 알아챈 삶이었을 뿐입니다.

오늘

매년 돌아오는 12월 31일.
일 년 중 마지막 날.
의미 부여를 하지 않으면 딱히 특별하지 않은 날이기도 합니다.
의미 부여를 하면 특별한 날 중 하루이기도 합니다.
이렇듯 어떤 의미를 부여함에 따라
특별한 날이 되거나 평범한 날이 되기도 합니다.
엄밀히 보면 특별하지 않은 날은 없습니다.
그렇게 느끼려 하지 않는 내가 있을 뿐입니다.

개

지구에 공존하는 생명체 중에 변비에 걸리는 동물은 인간과 개라고 합니다.
개는 가장 인간과 닮았습니다.
고양이는 인간에게 길들여지기 어려운 동물입니다.
매일 같이 예뻐해 주지만 밥 때가 지나면 주인의 손등을 할퀴기도 합니다.
그러나 개는 길들여지면 주인을 할퀴지도 물지도 않습니다.
그리고 주인이 밤늦게 들어와도 언제나 꼬리를 흔들며 반겨줍니다.
짜증도 내지 않습니다. 배신도 하지 않습니다.
어쩌면 개가 사람보다 나을지도 모릅니다.

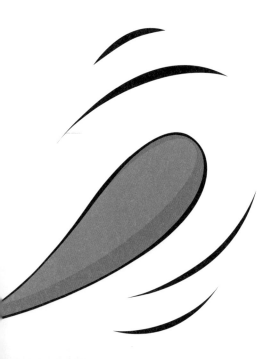

더 좋은 친구

당신에게 만약 불행한 일이 생겼을 때 같이 있어주는 친구와
당신에게 좋은 일이 있을 때 같이 있어주는 친구가 있다면
이 둘 중에 어느 쪽이 더 좋은 친구라고 생각하십니까?

이왕이면 두 애경사(哀慶事)에 같이 있어주는 친구가 더 좋은 친구일 것입니다.
그럼에도 불구하고 굳이 한 명을 택한다면 안 좋은 일에 같이 있어주는 친
구보다는 좋은 일에 같이 있어주는 친구가 더 좋은 친구가 아닐까 합니다.
왜냐하면 불행한 일이 있을 땐 위로를 해주기 위함이지만
같이 아파하는 사람 외에
심적으로 당신보다 자기가 낫다는 걸 확인하는 사람도 있으니까요.

기쁜 일이 있을 때 시샘이 아닌 진심으로 기뻐해주는 친구
기쁨을 밤을 새워가며 함께 나눌 수 있는 친구
당신에게 이런 친구가 있다면 당신은 가장 좋은 친구를 둔 것입니다.

덧붙여 시샘은 같이 있을수록 자신을 더 괴롭히기에
같은 공간에서는 오래 버티질 못합니다.

자유

모든 사람들은 자유를 원합니다.
그러나 마음처럼 자유스럽게 사는 사람은 많지 않습니다.

자유(自由)란
한자 그대로 '스스로 그러한 것'을 말합니다.
마음이 시키는 대로 사는 것이 자유입니다.
그런데 과연 자율적으로 살면 고통이라는 것과도 멀어질까요?
속박과는 멀어질지 모르지만 고통과는 멀어지지 않습니다.
그러나 이 고통은 지난날 느꼈던 고통과는 또 다른 고통입니다.

자율적으로 살려면 우선 이상을 만들어야 합니다. 이상을 만들어야 움직일 수가 있으니까요. 이상을 만들면 이상을 향해가려는 의지가 있어야 하고 의지는 노력 없이는 나아가지 못합니다. 즉, 자유는 스스로 움직여야 합니다. 스스로 움직이는 데는 반드시 피곤함과 더불어 고통이 따릅니다. 이 고통은 즐거운 고통이기에 나를 능동적으로 만듭니다. 내가 만든 고통을 받아들일 수 있을 때 우리는 자유로울 수 있습니다.

이 말에 대해 이해가 안 가거나 인정을 할 수 없다면 혹시 타인들이 정한 생활에 길들여진 삶을 살고 있지 않은지 자기 검열을 해 보십시오. 주말이나 휴일을 자유의 시간이라 부르는 사람들은 타인들이 정한 생활에 길들여진 사람들입니다. 그 상대자가 가족이건 회사건 언젠가부터 타인들에게 맞추다 보니 본래 가지고 있던 고유의 자유정신이 소멸되어 있었던 것입니다.

어려서는 부모에게 '이거 해라 저거 해라' 식의 간섭을 받았고 좀 자라서는 학교 규율에 맞춰서 살아야 했을 것이며 사회에 나가서는 회사에 맞춰 살아야 했을 것입니다. 그리고 가정을 갖고 나서는 가족들에게 내 자유의지와 사유를 통제 당했거나 스스로 억제했을지도 모릅니다. 그렇기에 정해진 휴일에 해방감을 느끼고 그것을 자유로 착각하게 된 것입니다. 그런데 사실 그건 내 자유가 아니고 타율에 의해 생겨난 시간일 뿐입니다.

진정한 의미의 자유를 만끽하지 못하는 사람은 결국 남의 인생을 살아주는 것과 같습니다. 비록 공동체 생활에선 완전히 벗어나기 어렵겠지만, 피해를 주지 않는 선에서 지금이라도 각자의 이상을 만들어 실천해보십시오.

내 이상을 실천하는 것, 그것이 진정한 의미의 자유입니다.

그리고 나만의 시간을 가질 수 있는 공간을 만드십시오. 그 공간이 커피숍이든 도서관이든 영화관이든 나를 놓아둘 수 있는 공간이면 어디든 좋습니다. 나만의 공간이 있다는 것 하나만으로 당신은 자신을 위한 위안과 자유를 얻을 수 있습니다.

지친다는 것

사람이 지치는 건
매양 같은 코스를 달리기에 지치는 것입니다.
코스가 달라지면 거리는 같아도
새로움 때문에 쉽게 지치지 않습니다.
새로움을 만든다는 것.
이것이 창조입니다.

만약
당신이 지금
삶에 지쳐 있다면
이제는
같은 릴레이가 아닌
새로운
릴레이를 만들어 보십시오.

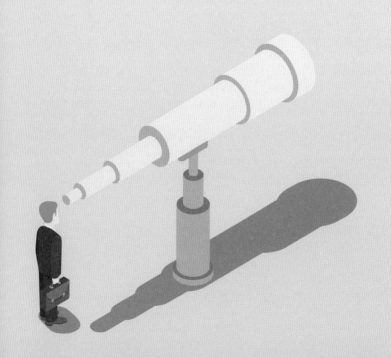

세월 잡기

성공한 사람들은 세월을 잡았습니다.
더 정확히 세월을 벌 줄 아는 사람들입니다.
흐르는 세월을 잡는다는 건,
십 년 뒤에 하게 될 일을 지금 하라는 소리입니다.
예를 들어, 30억 가치의 건물이 5억에 경매로 나왔다면
다수의 사람들은 5억도 큰돈이라
결정 내리기가 쉽지 않기에 포기하는 경우가 많습니다.
30억을 벌려면 30년이 걸릴지도 모르며 평생 가도
벌 수 없는 돈일지도 모릅니다. 그런 걸 알면서도 당장 무겁게 느껴지는
5억이라는 큰돈 때문에 30년을 벌 수 있는 걸 못 잡는 것입니다.
성공한 사람들은 5억을 보는 것이 아니라 30억과 30년을 봅니다.
눈앞에 놓인 이익이 아니라 그 다음에 올 수 있는 가치에
더 큰 의미를 두는 사람은 성공합니다.

네 가지 유형의 사람

첫 번째, 스펀지 같은 사람
오염된 물을 쉽게 빨아들이고 쉽게 물이 드는 사람입니다.

두 번째, 현명한 사람
오염된 물에는 아예 가지 않는 사람입니다.

세 번째, 달과 같은 사람
오염된 물에 잠겨있지만 결코 젖지 않는 사람입니다.

네 번째, 흡착포 같은 사람
오염된 물에 들어가 기꺼이 오염 물질을 빨아들이고 정화시킨 후
기꺼이 버려짐을 택하는 사람입니다.

당신은 어떤 부류의 사람입니까?

그림자

좋지 않은 일이 생기면 얼굴에 그림자가 생깁니다.
근심거리가 생겨도 그렇고 슬프거나 아플 때도 생깁니다.
그 그림자는 우리의 마음까지 어둡게 만듭니다.
그러는 동안 우리는 한 가지 중요한 사실을 망각하게 됩니다.

그림자가 생기는 것은
가장 가까운 곳에 빛이 있어서라는 걸.

게으름의 미학

윈스턴 처칠이 대학 시절 즐겨 한 일은 흔들의자에 앉아서
빈둥거리는 거였다고 합니다.
그런 그가 학업성적을 잘 받을 리는 만무했을 겁니다.
진화론의 찰스 다윈은 어릴 때 공부보다는
낚시를 즐겨 하는 사람이었고 수업 도중에 자주 졸던 아이였다고 합니다.
대학 다닐 때도 많은 시간을 술집에서 보냈다고 합니다.
상대성이론의 아인슈타인도 부지런하지 않았으며
만유인력 법칙을 발견한 뉴턴도 게으른 사람이었다고 합니다.
그럼에도 불구하고 이들이 역사를 바꾸고
인류를 위해 위대한 일을 해낼 수 있었던 것은
많은 상상 속에서 창의력을 키워 왔기 때문입니다.
게으른 사람이 못사는 게 아니라, 창조력을 잃은 사람이 못사는 것입니다.

지혜

내가 모른다는 사실을 안다는 것 또한 지혜입니다.
지식은 외부에서 얻을 수 있습니다.
하지만 지혜는 안에서 만들어지는 것입니다.

세월의 흔적

빈손으로 왔다가 빈손으로 가는 게 인생이라고 합니다.
그렇지만 우리는 세상을 살면서 무엇을 남기고 떠납니다.
자신의 모습이 담긴 사진이나 내가 타던 자전거나 내가 먹던 수저 등등
내가 죽어도 남게 될 흔적들은 무척이나 많습니다.
그중에서 이렇다 하게 쓸모 있는 것들은 무엇입니까?

이렇다 하게 남기고 떠날 게 없는 사람들은
살아가면서 세월의 주름만 만들다 갔습니다.
그러나 세상에 무언가 의미 있는 흔적을 남기고자 했던 사람들은
세상을 이롭게 하는 것에 세월을 쓰다 갔습니다.

이왕이면 쉽게 소멸되지 않는 무언가를 만들다 가십시오.
역사 속에서 나오는 위대한 사람들이 남긴 거창한 것도 필요 없습니다.
나무 한 그루를 심게 되면 그들보다 더 위대한 사람이 됩니다.
이 나무가 수백 년이 흐른 뒤에는 당신이 살아온 시간의 단위만큼이나
많은 나무들로 변해 세상을 이롭게 할 테니까요.

나를 찾는 키워드

'나'란 존재는 어떤 존재일까요?

**나를 찾는 키워드는
'편안함' 입니다.**

고추장 하나뿐인 삶이라도 나를 편안하게 만들어 준다면 그게 내 삶이고
못난 곰보라도 나를 편안함으로 인도한다면 그 사람이 내 사람입니다.

남을 해코지해야지만 내 맘이 편안해진다면 그것이 '나'이고
남을 돌봐야지 내 맘이 편안해진다면 그것도 '나'입니다.

습관

습관의 사전적 정의는 '여러 번 되풀이함으로써
저절로 익고 굳어진 행동'을 뜻합니다.
습관은 운명입니다.
지금 당신이 십 년 전이나 지금이나 우울하다면
그 우울함은 십 년 전부터 습관으로 고착화되어 있는 건지도 모릅니다.
지금 우울하면 십 년 후에도 그럴 수 있습니다.
남은 인생 지금보다 좀 더 낫게 보내길 바란다면 습관을 바꾸어 보십시오.
습관을 바꾸는 데 걸리는 시간은 66일 정도면 된다고 합니다.
남은 인생을 위해서인데 그깟 66일이 아까운가요?

표정

언변이 좋지 않다고 자기를 나무라진 마십시오.
언어는 꼭 입에서 나오는 것만이 아닙니다.
가장 강력한 언어는 표정에서 나옵니다.
기쁘면 웃게 되고
화가 나면 화난 표정이 되고
슬프면 울게 됩니다.
그러나 너무 슬프면 울음소리조차도 안 나옵니다.
대신 표정에서 울부짖습니다.

카멜레온만 몸에 여러 가지 색을 가지고 있는 것이 아닙니다.
사람은 카멜레온처럼 여러 가지 색을 가지고 있진 않지만
네 가지의 색은 지니고 있습니다.

화가 나면 붉은색
죽게 되면 검은색
너무 놀라면 흰색
무섭거나 춥거나 극도로 놀라면 푸른색.

이 네 가지 색은 얼굴 표정으로 나타납니다.
단 한 번의 표정으로 길게 나열해야 할 감정 상태를 표현하니
가장 강력한 언어일 수밖에요.

말의 가치

얼굴 근육은 한 단어를 말하는데 650개 중, 72개를 움직인다고 합니다.
한 단어를 말하기 위해서 이렇게 많은 노동력이 쓰인다는 걸 알면
허튼 말도 자제하게 되고 상대의 말에 귀 기울일 수도 있지 않을까요?

안면에 장애를 가진 사람들이 말하는 게 어눌하고
유독 힘겨워하는 것은 이 근육들의 기능이 느리기 때문입니다.
그들이 말할 때 얼굴이 일그러진다고 웃을 일도 아닙니다.
그대들도 느린 화면으로 보면 마찬가지니까요.

《플루타르크 영웅전》에 이런 말이 나옵니다.

"소년들은 장난으로 개구리에게 돌팔매질을 하지만
개구리는 장난으로 죽는 것이 아니라 진지하게 죽는 것이다."

우리가 재미로 하는 말에 누군가는
깊은 상처를 입을지도 모릅니다.

가장 어려운 것

가장 어려운 것은
사람 마음을 아는 것이라고 합니다.
그렇기에 사람이 사람의 마음을 아는 것보다
개의 마음을 아는 것이 더 쉽습니다.

자유롭게 살고자 한다면

현자(賢者)들은 말합니다.
자유롭게 살고자 한다면
타인들의 말에 동요하지 않으면 되고
타인의 감정에 내 감정이 따라가지 않으면 된다고.

그러나 그게 잘 안 될 것입니다.
안 되는 걸 억지로 하진 마십시오.
저 사람이 슬픈데 난 슬프지 말아야지 하는 것은
나에게 더한 괴로움을 줄 뿐입니다.
진정 자유롭고 싶다면
억지에서 벗어나면 됩니다.
어쩔 수 없이 억지로 하게 되는 일이 생긴다면
어차피 해야 할 일이라고 생각하십시오.
청소를 하기 싫은데 청소를 해야 한다면
차라리 이렇게 생각하십시오.
'이건 청소가 아니라 운동일 뿐이야'라고.

현자들의 말은
일어나는 일에 있어 경계의 시점을 알아차리란 말입니다.
화가 올라오면
'내가 지금 화가 올라오고 있구나' 하는 경계,
바람이 불면 나뭇잎이 흔들리듯 바람을 경계하고
구애받지 말라는 의미입니다.

임종 전에 남겨야 할 것

새는 죽기 직전에 슬픈 노래를 한다고 합니다.
우리는 떠날 때 엄숙한 말보다는
아름다운 말을 하고 떠났으면 좋겠습니다.
어떤 말을 남기고 떠날까요?
이왕이면 유머를 남기고 떠났으면 합니다.
나 죽어도 남은 가족들이 웃을 수 있게.

변하지 않는 교훈

멀리 있으면 다투고 미워하고 공격하고
감정 상할 일이 없지만
가까이 있을수록
감정 상할 일이 많을 수밖에 없다는 것은
인류사에서 변치 않는 교훈입니다.
때로는 떨어져 사는 것이
관계 개선에 도움이 될 것입니다.

부자

진정한 부자는 어떤 사람일까요?

돈이 많은 사람?

건물을 많이 가지고 있는 사람?

사업체를 많이 가지고 있는 사람?

이들 모두 부자는 맞습니다.

그러나 진정한 부자는

유머를 가지고 있는 사람이고

웃을 줄 아는 사람입니다.

왜냐하면 유머는 돈이 많다고 해서 살 수 있는 것이 아니고

남들을 웃게 만들어 줄 수 있는 능력을 가진 것이며

웃을 줄 아는 사람은

자기 자신을 풍요롭게

만들 줄 아는 사람이기 때문입니다.

그렇기에 당신이 만약 유머와 웃음을 가지고 있는 사람이라면 재벌입니다.

집착 1

모든 사람은 사랑받기를 원합니다.
또한 그 사랑이 떠나갈까 봐 두려워합니다.
집착이라는 것의 모태는 두려움입니다.
집착이 강해질수록 두려움은 더해지고
두려움은 난폭으로 바뀌기도 합니다.
난폭함을 좋아하는 사람은 사이코패스 외엔 아무도 없습니다.
집착이 생기면 생길수록 사랑은 점점 멀어집니다.
뿐만 아니라 과도한 집착은 자신의 마음은 물론 뼈도 썩게 만듭니다.

진통

열매를 맺기 전에 나무는 초라합니다.
검게 시든 꽃들이 마치 나무에 생채기를 낸 후 생긴 피딱지처럼 보입니다.
그러나 그 나무를 불쌍하게 보지는 마십시오.
그건 열매를 맺기 위한 진통이니까요.

열매가 떨어지고 겨울이 온다고 서러워하지 마십시오.
봄이 오는 진통이니까요.
나에게 동이 트지 않는다고 서글퍼하진 마십시오.
동이 트기 전 새벽이 가장 어두운 법이니까요.

진정한 친구 2

진정한 친구는 어떤 친구일까요?
친절한 친구?
친절한 사람은 어느 곳에서나 환영을 받습니다.
친절을 베푸는 사람은 나에게 대우를 해주는 사람이니까요.
그러나 여기엔 함정도 있습니다.
자기의 실속을 차리기 위한 수단이 친절일 수도 있으니까요.

나를 진정 위하는 자는
때론 언성 높은 조언을 아끼지 않고,
생색내지 않고 부족함을 찾아 채워주는 사람입니다.

상담하는 법

상담을 할 때 이 두 가지만 알고 있으면
당신도 훌륭한 카운슬러가 될 수 있습니다.

첫째, 들어주십시오.
누구나 자신의 이야기를 들어주길 바랍니다.

둘째, 공감해 주십시오.
누구나 자신의 마음을 알아주길 바랍니다.

살아가면서 자신의 말에 귀 기울여 주고
자기의 마음을 알아주는 단 한 사람만 있어도
세상을 잘 살아갈 수 있습니다.

위대한 사람

반 고흐는 37년의 짧은 생을 살면서
800점의 유화와 700점 이상의 스케치를 남겼습니다.
모차르트는 약 30년 동안 630여 곡의 음악을 남겼습니다.
이들이 위대한 이유는 많은 명화와 명곡을 만들었기 때문이기도 하지만
그보다도 인류를 위해 이로움을 남겼기 때문입니다.

불편

가난하다는 것은 불행한 것이라기보다는 불편함입니다.
장애를 가지고 산다는 것도 불행한 것이라기보다는 불편함입니다.
그러나 이 불편함이 없으면 편리함 또한 느끼지 못할 것입니다.

불편함이 곧 부지런함을 키웁니다.

낮은 데로 임하기

많은 사람들은 높은 데로 올라가려고만 합니다.
그런데 정작 높이 있는 것들은 낮은 데로 임합니다.
해가 그렇고 달이 그렇습니다.
원래부터 높은 곳에 있던 해와 달은
항상 낮은 곳으로 향해 있습니다.

낮은 곳을 택해 향하는 것은
오래가고 멀리 갑니다.
한 가닥의 비로 시작하여
물줄기를 이룬 강이 그렇습니다.
그리고 그것은
끝내 바다를 이루고 맙니다.

내가 나에게 전하는 말

비록 사람에게 치이며 살고 있어도 비관은 하지 마라.
보이지 않게 사람을 살리는 사람도 곳곳에 있다.
부처가 그렇고 예수가 그렇다.
하지만 신의 권능만이 사람을 살린다고 생각하지 마라.
너도 할 수 있고 나도 할 수 있다.
어려워하지 마라.
길거리에 나뒹구는 쓰레기를 줍는 것도
보이지 않게 사람을 살리는 길이니.

정치

사회, 정치에 관심을 갖지 않으면
가장 비열한 인간들에게 지배를 받습니다.

이 세상에 왔으면 이 세상을 위해
노력하고 분노하며 살다 가는 게
인간의 본분이 아닐까 합니다.

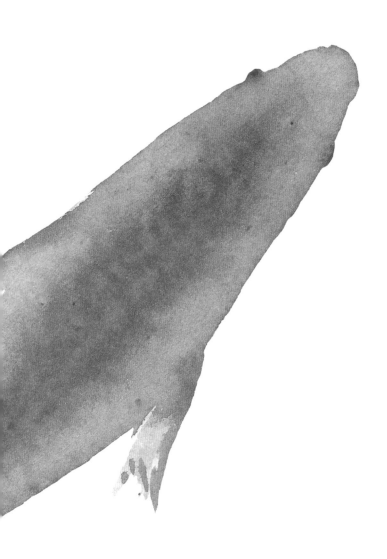

Thomas Edison

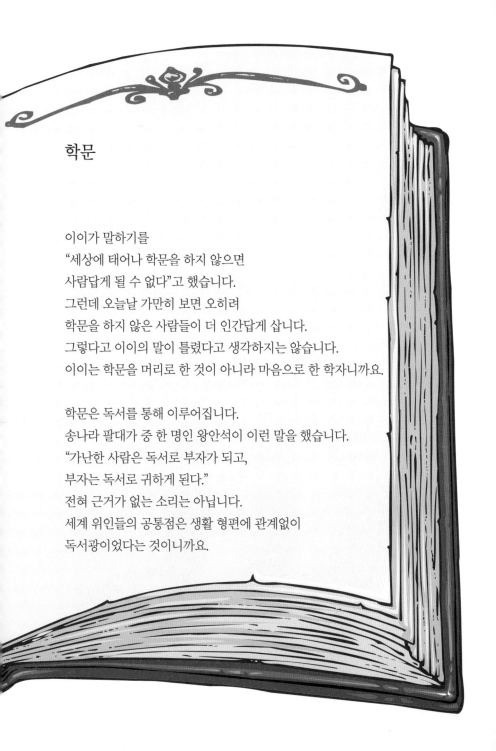

학문

이이가 말하기를
"세상에 태어나 학문을 하지 않으면
사람답게 될 수 없다"고 했습니다.
그런데 오늘날 가만히 보면 오히려
학문을 하지 않은 사람들이 더 인간답게 삽니다.
그렇다고 이이의 말이 틀렸다고 생각하지는 않습니다.
이이는 학문을 머리로 한 것이 아니라 마음으로 한 학자니까요.

학문은 독서를 통해 이루어집니다.
송나라 팔대가 중 한 명인 왕안석이 이런 말을 했습니다.
"가난한 사람은 독서로 부자가 되고,
부자는 독서로 귀하게 된다."
전혀 근거가 없는 소리는 아닙니다.
세계 위인들의 공통점은 생활 형편에 관계없이
독서광이었다는 것이니까요.

뒤돌아봄

돌아가고 싶은 그리움은 많지 않고
돌리고 싶은 후회스러움이 많다면
인생을 잘 살지 못했다는 표식일지 모릅니다.

그렇기에 인생살이에서 가장 중요한 순간은 지금 이 순간입니다.
지금을 후회스러움으로 남기지 않으려면 모색하십시오.
계기를 준비하십시오.
그리고 나를 개혁하십시오.
이것들이 마련되고 개선되지 않는 한
지금의 애옥살이에서
벗어나지 못할 것입니다.

인도

당신이 실의에 빠져 있을 때
선지자나 선배나 선생님이나 당신 주위 사람들이
실의에 빠진 당신을 광명으로 인도할 수는 있습니다.
그러나 마부가 말을 강에 끌고 갈 순 있어도 억지로 물을 먹일 순 없듯
선택은 당신의 자유이고 몫입니다.

갑질

세상에는 갑질을 하려는 사람들이 너무도 많습니다.
갑질을 해서 무엇을 얻으려는 걸까요?
우월하다는 것을 알려 주려고 하는 것인데
참으로 안타깝습니다.
갑질을 받는 사람 입장에선
그것이 우월하다고 느껴지지 않으니까요.
그러니 꼴이 우스워질 수밖에요.
그래서 생겨난 말이 꼴값인가 봅니다.

자유로울 수 없는 것

사람은 진실로부터 자유로울 순 없습니다.
진실이라는 것은 절대로
끊을 수 없는 끈으로 만들어져 있기 때문입니다.
그러나 내가 진실을 말하고 있는데
상대가 안 믿어준다고 서운해하지 마십시오.
거듭 말을 했는데도 주장을 굽히지 않는다면
애써 설득하려 하지 말고 차라리 침묵을 하십시오.
진실이란 없어지지 않는 것이기에
당신이 옳다면 손해 보는 것은
당신이 아니라 상대가 될 테니까요.

완벽주의 2

완벽주의자는 외롭습니다.
어떤 일에서는 능률적이지만
사람과의 관계에서는 해가 됩니다.
함께 일을 하는 사람으로선 좋지만
친구로서는 멀리하게 되니까요.
좀 느슨하면 어떻습니까?
내가 느슨하면 상대가 채워줄 수 있는 명분을 만들어 주는 것이고
그로 인해 그 사람의 존재감을 심어 주는 것인데요.
존경받는 사람은 그 사람이 완벽해서가 아니라
다른 사람의 몫을 차지하지 않아서입니다.

사람에 대해 알 수 있는 세 가지

만약 당신과 다른 사람 사이에 문제가 있다면
당신의 행동을 살펴보십시오.
그 행동 때문에 충분히 오해가 생기니까요.
그러나 그런 행동 때문에 당신을 폄훼한다는 건 경솔한 짓입니다.
왜냐하면 보이는 것만이 다가 아니기 때문입니다.

가난한 사람이 어느 날 고기를 먹고 있다면
그것을 바라보는 사람들은 자기의 잣대로 판단하고 추측하려 합니다.
'훔쳤을 거야.'
'돈이라도 생겼나 보지.'
'다른 사람이 갖다 줬나봐.'
이렇게 다양한 추측을 합니다.
정확한 것은 그 사람만이 알 수 있습니다.
타인에 대해 알 수 있는 방법은 세 가지가 있습니다.

오랜 기간 겪어봐야 압니다.
오랜 시간 지켜봐야 압니다.
그리고 돈을 보면 알게 됩니다.

돈이 많고 적음이나 씀씀이가 아닌 돈을 대하는 태도를 보면 알 수 있습니다.
돈을 인간보다 위에 두는 사람은 가급적 피하는 게 좋습니다.
돈을 인간보다 아래에 두는 사람이 좋습니다.
적어도 이런 사람은 인간의 존엄성을 먼저 생각하는 사람일 테니까요.

웃음 3

캘리포니아 버클리대학교의 켈트너와 하커 교수가 1960년 밀스대학의 졸업생 141명을 대상으로 웃음 연구를 했다고 합니다. 졸업 앨범에는 3명의 졸업생을 제외한 모든 여학생이 웃고 있었으며 그중에 진짜 웃고 있는 졸업생은 절반 정도였다고 합니다. 이 여학생들을 대상으로 27살, 43살, 52살이 될 때마다 결혼과 생활 만족도를 조사했습니다. 놀라운 사실은 웃음을 짓고 있던 졸업생 대부분은 30년 동안 행복하게 결혼 생활을 유지하고 있었다는 것이었습니다.

펜실베이니아 대학교의 마틴 셀링맨 교수는 1980년도에 심장마비 환자 96명을 조사했습니다. 그중에 웃으며 즐겁게 사는 낙관적인 사람은 5명밖에 안 죽었는데 반해, 비관하는 사람은 거의 대부분이 죽었다고 합니다. 이렇듯 웃으며 즐겁게 사는 것이 삶에도 큰 도움이 됩니다.

웃음은 최고의 보약

4

어둠을 걷고
나오려는 당신에게

꽃의 실체

꽃이 아름다운 건
색상이 화려하고
향기가 나서라기보다는
지는 것이 두려워 피지 않는 꽃이 없기 때문입니다.
꽃이 그토록 아름다운 건
진흙탕에서 몸을 적시며 피어나도
꽃의 자태를 잃지 않기 때문이고
날카로운 송곳니를 가진 맹수들은 거들떠도 안 보시만
여리디여린 나비가 날아오면
반가이 맞이해주고 품어주기 때문입니다.

말

말과 관련해서
명심보감에 이런 말이 있습니다.

'黃金千兩未爲貴 得人一語勝千金 황금천냥미위귀 득인일어승천금'

황금 천 냥이 귀한 것이 아니고, 남의 좋은 말 한 마디 듣는 것이
천금보다 낫다는 말입니다.
모로코엔 이런 속담이 있다고 합니다.
'말이 입힌 상처는 칼이 입힌 상처보다 깊다.'
이렇듯 말이란 보이지 않는 무기입니다.
또한 자신의 인격을 드러내는 수단이기도 합니다.
자신의 격을 높이려면 배려와 존중의 말을 해야 할 것입니다.

어려서 듣는 말은
어른이 되었을 때 듣는 말의
수십 배의 무게감이 있다고 합니다.
어른들이 아무렇지도 않게 툭툭 뱉는 말에
당신 아이가 눌려 살았을 수 있습니다.
아이가 인생의 마라톤을 잘 못하는 건 어쩌면
당신 때문일지도 모릅니다.
혹시 자책감이 생긴다면 이제부터라도 눌렸던 기를
사랑으로 살려주세요.

날개

나뭇가지에 내려앉은 새는 가지가 부러질 것을 두려워하지 않습니다.
자신의 날개를 믿기 때문입니다.
날개는 새에게만 있는 것이 아닙니다.
사람에게도 있습니다.
그 날개는 남이 손가락으로 가리켜줄 순 있지만 달아줄 수는 없습니다.
자기가 찾으려 할 때 몸을 뚫고 스스로 나옵니다.
자신에게 숨어있는 날개를 돋게 하려면 꿈을 먼저 가져야 합니다.

그 꿈을 향해 가다 보면 비행기가 활주로에서 비상하듯
그렇게 자신의 날개도 나오게 될 것이며 비상하게 될 것입니다.

오늘을 잘 살아야 하는 이유

오늘을 잘 살아야 하는 이유에 대해 물었습니다.
오늘을 잘 살아야 하는 이유는
오늘을 잘 살아야 내일도 잘 살 수 있기 때문입니다.
그러나 더 정확한 이유는 내일이 없을 수도 있기 때문입니다.

우울증에 대한 고찰과 치료법

우울증은 왜 생길까요?
조선 시대엔 굶주림은 있었어도 우울증은 대중적이지 않았습니다.
우울증은 자본주의 사회가 도래하면서부터
두드러지게 나타나기 시작했습니다.
풀어서 보자면, 자연과 교감하는 상호적 관계가 어그러지고
물질 만능주의가 되면서 우울증이 급속도로 생겨났다고 봐도 무방합니다.
처절할 정도로 부를 향해 살아야 하는 작금의 시대보다는
차라리 산과 들로 다니면서 먹고사는 문제로 치열하게 살았던 시절에는
우울증이 생길 여력이 없었습니다.
자연과 밀접한 관계 선상에 놓여 있었기 때문에
자기로부터의 소외가 없었기 때문입니다.
요즘 세상과 비교해봤을 때 그때는 자기 자신이
가장 낯선 대상이 되진 않았습니다.
즉, 우울증은 그것이 곤궁한 경제적 여건 때문이건
욕구 불충분 때문이건 어떤 식으로든 외로워서 오는 것입니다.

자기로부터의 소외.
나와 내가 친하지 않은데 타인과 친해지기란 더더욱 어려울 것입니다.
또한 동병상련(同病相憐)처럼 나와 비슷한 사람을
매일 만나도 치유가 되기 어렵습니다.
우울증을 치유하려면 의학의 힘을 빌리는 것도 한 방법이 되겠지만
굳이 의학의 힘을 빌리지 않더라도 치유할 수 있는 방법은 있습니다.

그것은 지금까지의 나와 전혀 다르게 사는 사람을 만나는 겁니다.
그래야 그 사람을 통해 새로운 삶을 보고 배울 수 있습니다.

조선 시대 천재이자 최고의 문장가인
연암 박지원도 청년기에 우울증을 앓았다고 합니다.
그러나 연암은 우울증을 스스로 치유했습니다.
연암 박지원이 우울증을 치유한 방법은 저잣거리에 나가
자신의 삶과 다른 삶을 사는 타인들과 어울리면서
그들의 이야기를 듣고
그들의 삶을 보았다는 것입니다.
연암은 거기에서 멈추지 않았습니다.
그들의 이야기를 글로 썼습니다.
즉, 그들의 이야기를 쓰면서
자기계발을 한 것입니다.
우울증 자가 치료법을 자신을 통해서 발견한 것입니다.

우울증에서 벗어나고 싶다면,
연암 박지원을 벤치마킹하십시오.
혹여 당신이 우울증을 앓고 있다면, 그 자리에만 머물러 있지 말고
나가서 새로운 사람을 만나십시오.
친구를 얻는다는 건 또 하나의 세상을 얻는 것입니다.
인간이 가지고 있는 창조성을 마비시키지 마십시오.
나를 잠재우지 마십시오.
무엇이든 만드십시오.
이것이 잠자고 있는 나를 깨우는 방법이며
내가 남길 수 있는 생의 흔적입니다.

죽음을 향한 기도

**생로병사(生老病死)는 피할 수 없는 인간의 숙명임을
순순히 받아들이게 해주십시오.**

그렇기에 피할 수 없다면 담담하게 받아들이고 관조하는 자세로
살아가는 것이 훨씬 현명한 일이라는 것을 인지하게 해주십시오.
비록 죽음 앞에서 담담해지긴 어렵지만 이왕이면
그렇게 늙어가게 해주십시오.
늙어갈수록 늙어감이 서러워 떼쓰는 아이가 되기보다는
죽음 앞에서 벌벌 떨기보다는
죽음 앞에서 고답적이 되게 해주십시오.
철없는 아이보다는 철부지의 낙천성을 흡입하며 살 수 있게 해주십시오.
그리고 나를 사랑하는 사람보다 오래 살게 해주십시오.
그가 고통스러움으로 생을 보내지 않게.

과연 그렇게 될 수 있을까?
의문은 갖되 의심은 하지 마십시다.
의문은 나를 발전시키지만 의심은 나를 피폐하게 만듭니다.

이왕에 살게 된 인생 즐겁게 살다 가십시오.
삶이 나를 속일지라도 그 속이고 있는 삶을
보란 듯이 농락하십시오.
그 또한 인간이 가지고 있는 능력입니다.

선택

사람은 매 순간 선택을 해야 합니다.
어떤 선택을 할 때는
결핍에 대한 막막함도 있을 테고 도태에 대한 두려움도 있을 것입니다.
특히 새로운 일을 선택해야만 할 때는 더할 것입니다.
그러나 달리 생각해 보면 미래에 대한 불안과 걱정은
좀 더 나은 앞날을 향한 간절한 마음을 생기게 하는 것일 수도 있습니다.

《손자병법》에 이런 구절이 있습니다.
"무언가를 결정해야 할 땐 고민하지 말고 계산하라."
고민은 또 다른 고민을 양산합니다.

계산하십시오.
최악의 경우에 어떤 일이 발생할지 꼼꼼히 생각하여 노트에 적어보십시오.
그 일을 감당할 수 있다면 과감하게 감행하십시오.
계산할 때는 능동적이 되어 그 어떤 이득이 생기지만
고민하는 동안에 늘어나는 건 고민밖에 없습니다.

고민하는 동안에도 당신은 늙어갑니다.

Positive Think
+

선입견

육감적으로 보이는 비키니 아가씨가 선글라스를 낀 채 일광욕을 즐기고 있습니다.
그러나 선글라스 속의 그 아가씨의 본래 얼굴은 섹시와는 거리가 먼 순박한 얼굴입니다.
그 아가씨가 선글라스를 착용하고 있을 때 꽤 많은 사람들은 '섹시하다, 육감적이다,
예쁘다' 등과 같은 호의적인 판단을 했을 것입니다. 그러나 그 아가씨가 선글라스를
벗었을 때는 실소와 실망감을 가졌을 것입니다.
이것이 선입견이 주는 허점입니다.

대다수의 사람들은 사람의 겉모습과 첫인상을 보고 어떤 사람인지 가늠합니다.
무엇을 하는 사람이고, 성격과 성질은 어떨지 추측합니다.
그렇기에 외모와 첫인상이 중요한 것이겠지요.
이러한 판단은 그 사람에 대한 나만의 지각뿐만 아니라 사회적인 상황에 영향을 받아
판단되는 것입니다. 이것을 '사회지각'이라고 합니다.
그렇다면 선글라스를 벗었을 때의 순박한 얼굴이 드러난 아가씨는 과연 무슨 일을 하
는 사람일까요?
저마다의 기준이 있으니 판단 또한 다를 것입니다.

그 여인의 직업은 대학교수입니다.

여인의 직업이 드러났을 때 어떤 분들은 자신이 생각한 것과 다르기 때문에 오류를 범했다고 생각할지도 모릅니다. 이런 오류가 생기는 건 사회지각이 만든 고정관념에 의해서 그려진 형상 때문입니다. 고정관념이란 편견이 모여 생긴 것입니다. 그러므로 그 여인이 대학교수라고 해서 지성인이거나 정숙한 사람일 거라고는 생각하지 마십시오. 그 또한 편견입니다.

그렇다면 사람 사는 세상에서 사람을 어떻게 알 수 있을까요?
겉모습 보고도 모르는 게 사람이고 가면 놀이도 가능한 것이 사람이니
앞서 나온 천리마를 알아보는 백락의 안목을 못 가진 우리들에겐
옥석을 가려내기란 참 어려운 일입니다.
나 역시도 범부중생이므로 모릅니다.
그러나 '과일은 먹어봐야 알고 인생은 살아봐야 알며 사람은 겪어봐야 안다'는 말은 인정합니다.
사람은 지켜보고 겪어봐야 아는 존재입니다. 생김새로 사람을 판단하려는 것은 한순간에 타버리는 짚단 위에 솥을 걸어놓고 밥을 지으려는 것과 같은 경솔한 행동입니다. 시대를 풍미했던 사기꾼들의 풍모를 보면 의외로 핸섬하고 신사다운 사람들이 많다는 것만 봐도 그렇습니다.

사람을 알려면 먼저 그 사람이 가지고 있는 관념을 들여다보려 해야 하고, 그가 쓰는 말의 깊이를 가늠해 보려는 노력이 필요합니다. 그리고 지능이 높고 낮음을 떠나 우주와 나와의 관계를 생각하는 영성지능을 가지고 있는지를 보십시오. 영성지능을 가지고 있는 사람은 배려할 줄 아는 좋은 사람일 가능성이 많습니다.

관상

수상(手相)은 관상(觀相)보다 못하고
관상은 골상(骨相)보다 못하며
골상은 심상(心相)보다 못하다고 합니다.

뭐니 뭐니 해도 마음 씀이 제일입니다.

죽음으로부터의 자유

우리가 미래에 대해 가장 확실하게 아는 것은 죽는다는 것뿐입니다.
언젠가는 죽게 될 운명.
허무해지고 어두운 무거움이 짓눌러 공포감이 듭니다.
누구나가 이것에서 자유로울 순 없습니다.
그러나 죽음에서 어느 정도 자유로워질 수 있는 방법은 있습니다.
자기의 분신을 남기는 것입니다.
엄밀히 말하면 자식 또한
죽음으로부터 자유롭기 위해
만든 분신일 수도 있습니다.

창작인은 이 죽음으로부터 자유롭기 위해서
자기 분신과 같은 창작물을 만듭니다.
음악이나 그림이나 글 같은 것들도 그런 의미가 담겨 있습니다.
영원히 살고자 하는 마음이 그 안에 있는 것입니다.

이제 창작인의 비밀을 알았으니 당신도 무언가 만들어 보십시오.
그것을 통해 죽음으로부터 자유를 얻게 될 것이며
당신 또한 영생하게 됩니다.

내 마음의 그릇은 어느 정도일까?

어느 큰스님이 젊은 스님을 제자로 받아들였습니다.

그런데 이 젊은 스님은 매사가 불만이었습니다.

지켜보기만 하던 큰스님은 어느 날, 젊은 스님을 불러 소금 한 줌을 가지고 와서

한 컵의 물에 풀어 마시게 했습니다. 물을 마신 젊은 스님은 얼굴을 찡그렸습니다.

큰스님이 물었습니다.

"맛이 어떠냐?"

"짭니다."

큰스님은 다시 소금 한 줌을 가져오라 하고 젊은 스님을 호수로 데리고 갔습니다.

그러곤 소금 한 줌을 호수에 풀게 하고 호수 물을 한 컵 떠서 마시게 했습니다.

"맛이 어떠냐?"

"시원합니다."

"소금 맛이 느껴지느냐?"

"아니요."

큰스님은 말했습니다.

"인생의 고통은 순수한 소금과 같다.

하지만 짠맛의 정도는 고통을 담는 그릇에 따라 달라진다.

지금 네가 고통 속에 있다면 컵이 되지 말고 스스로 호수가 되어라."

고통은 어떻게 마음을 먹느냐에 따라 교훈이 되고 독이 됩니다.

어떤 이의 말처럼

그늘이 넓은 나무 밑엔 새들이 모이고,

가슴이 넓은 사람에게는 사람들이 모입니다.

바다

바다는 모든 것을 다 받아주기에 바다입니다.
'해불양수(海不讓水)'라는 말이 있습니다.
바다는 어떠한 물도 마다하지 않고 받아들여
거대한 대양을 이룬다는 뜻입니다.
바다는 사람 또한 차별하지 않고 모든 사람을 포용합니다.
그러나 사람은 바다가 포용한 사람들을 골라내어
폄훼라는 울타리에 가둡니다.
어쩌면 인간이 가지고 있는 능력이 바다보다도 더 높을지도 모릅니다.
불순물을 추출해낼 수 있는 재능이 있으니까요.
그러나 우쭐해하지는 마십시오.
바다는 모든 물을 받아들여 소금으로 만들 수 있는 능력을 지녔으니까요.
더 정확히, 소금을 만들 수 있는 원료와 햇빛을 융합할 수 있는
흡인력을 가지고 있으니까요.
애초에 이런 원전을 가지고 있지 않았다면
제아무리 추출할 수 있는
기술을 가지고 있는 인간일지라도
소금은 얻어낼 수 없었을 것입니다.
그렇기에 자연에 순응해야 하는 것입니다.
인간은 결코 자연을 넘어설 수 없으니까요.
결국 인간은 융합해야 하는 존재이지,
독자노선으론 살 수 없는 존재입니다.

문자

인류를 미개(未開)에서 벗어나게 하는 데
가장 크게 영향을 미친 것은 문자입니다.

문자가 없는 세상을 상상해 보십시오.
일상생활 또한 많은 제약이 따를 것입니다.
상상력이라는 것도 문자가 있어야 합니다.
상상력을 표현하는 데 문자가 없다면 그것을 어떻게 표현해야 할까요?
인문학적 베이스가 없으면 상상력을 표현할 수 없습니다.
그렇기에 인류의 가장 큰 발명은 문자일 수밖에 없습니다.

생존

사람이 생존하기 위해서는 기본적으로 의식주가 있어야 합니다.
그러나 의식주는 생존에 필요한 것들이지
살아가는 이유와 삶의 가치는 아닙니다.
살아가는 이유와 가치는
누가 나를 좋아하고
내가 누굴 좋아한다는 것에 있습니다.

사람이란?

이 세상에서 가장 무서운 존재가 사람이라고들 말합니다.
하지만 사람만큼 불쌍한 존재도 없습니다.
어쩌면 불쌍해지지 않기 위해서 무서워지려는 것은 아닐까요?

맞 는 사 람

우리는 인생을 살아가면서
자기와 맞는 사람을 만나길 소원합니다.
그러나 자기와 맞는 사람을 만나기는 결코 쉽지 않습니다.
대신에 맞춰주는 사람은 있습니다.
그렇기에 자기에게 맞춰주는 사람에게 감사해야 합니다.

그럼에도 불구하고 나와 맞는 사람을 고집한다면
당신은 자신의 뜻에 따라주는 하인을 원하는 것입니다.
이 세상에 영원히 하인이고 싶어 하는 사람은 없습니다.

당신을 위한 기도

단 한 번 살다 가는 것이 인생이지만
당신에게 오는 행복은
셀 수 없기를……

불행하고 싶다면

불행해지고 싶다면
우울한 사람과
장시간을 보내면 됩니다.
반대로 유쾌해지고 싶다면
유쾌한 사람과
장시간을 보내면 됩니다.

사람이 서로 다른 이유

TV에 어떤 배우가 나왔을 때
누구는 예쁘다고 하지만
또 다른 누구는 별로라고 하듯,
같은 산이라도
어떤 방향에서 보느냐에 따라 달라보이듯,
사람이 다른 이유는
각자마다 보는 게 달라서입니다.

긍정적인 사람은 어떤 어려운 상황에서도
좋은 방향으로 선회하려는 사람이고
비관주의자는 기회가 와도 어려움을 보는 사람입니다.

욕망을 좋게 쓰려면

욕망이 창조와 생산성을 벗어나는 순간
쾌락에 종속 당합니다.
쾌락에 종속 당하지 않으려면
욕망을 잘 조율하면 됩니다.
조율은 절제에서 오는 균형을 말합니다.

쓰레기

《허클베리 핀의 모험》에서 헉과 짐은
강에서 헤어지게 됩니다.
우여곡절 끝에 짐을 다시 만나게 된 헉은 너무 반가워서
눈물을 흘리는 짐에게 흙을 끼얹으며 장난을 칩니다.
장난을 친 헉에게 화가 난 짐이 이런 말을 합니다.

"무엇이 쓰레기인 줄 알아?
자기 친구에게 흙을 끼얹어서
창피하게 만드는 놈들이 쓰레기란 말이야."

우리가 매일 청소를 하고 쓰레기를 치우는 일은
창피함을 없애기 위한 일일지도 모릅니다.

몸과 마음

몸과 마음은 따로 분리해서 생각하기엔
너무도 밀접한 관계에 놓여 있습니다.
몸이 좋지 않을 때 부정적인 감정이 들고
그로 인하여 모든 일이 엉망이 되기도 합니다.
이것이 몸이 마음에게 보내는 신호입니다.

그렇다고 해서 몸과 마음이 동일하다고 생각하기엔 무리가 있습니다.
우리 몸을 엄밀히 보면 하나로 구성된 것이 아니라
여러 개의 개체들이 모여서 만들어진 공동체이기 때문입니다.
외부 물질과 자극, 내부 감각과 기관 등 하나의 몸을 만들기 위해
여러 가지가 협력을 했습니다.

공동체이니 만큼 상호 존중은 필요합니다.
그러나 때로는 자기 연민이나 적개심 따위의 것들로
몸을 힘들게 하기도 합니다.
공동체에서 존중을 하지 않으니 화가 생길 수밖에요.

언젠가는

'언젠가는'이라는 말은
지금 시련과 고통 속에서 사는 사람들에겐 결의에 찬 기대입니다.
또 어떤 사람에겐 허무함을 상징하는 말이기도 합니다.
그러나 분명한 것은 둘 다 보이지 않는 '언제'를 향해 가고 있다는 것입니다.
같은 길을 가는 사람을 불교에선 도반(道伴)이라고 합니다.
이 둘은 친구입니다.
다만 한 친구는 도시락을 싸면서 가는 것이고
또 한 친구는 있는 도시락도 버리면서 가고 있을 뿐입니다.
어차피 같이 가는 길 도시락을 챙겨가는 것이 더 좋지 않을까요?

내려놓기 2

누구를 맞춘다는 것은 나를 내려놓는 일입니다.
그렇기에 나에게 맞춰주는 사람을 높이 평가해야 합니다.
나를 내려놓는 일은 아무나 할 수 없는 일이기 때문입니다.
아무나 할 수 있다면 당신이 한번 해보십시오.

짐

우리는 인생을 살면서 많은 짐을 짊어지고 삽니다.
그 짐들 중에는 나에게 필요 없는 짐도 있습니다.

하지만 버리고 싶어도 끈끈이처럼
자꾸 달라붙어서 떼어내기 쉽지도 않을뿐더러
무엇을 버려야 할지 잘 모릅니다.
그건 아직도 버틸 만해서 그런 것입니다.
애써 버리려 하지 마십시오.
자기가 정말 짊어져야 할 짐을 짊어지는 순간
쓸데없는 짐이 무언지 알게 되고 버리게 되니까요.
또한 뜨거운 냄비를 잡았을 때 '앗, 뜨거!' 하면서
냄비를 놓는 것처럼 그렇게 놓게 될 테니까요.

진실이 침묵하면

진실이 침묵을 하면
거짓이 날개를 달고 온 동네를 돌아다닙니다.
거짓에 놀아나는 것보다는
진실의 침묵을 깨는 것이 훨씬 낫습니다.
그러나 때로는 진실도 침묵하는 것이 좋을 때가 있습니다.
나 하나 침묵으로 여러 명이 고요해진다면 그게 더 의로운 일입니다.
또한 진실한 자는 발 뻗고 자도 거짓된 자는 발 뻗고 잘 수가 없습니다.

지혜란?

인생을 살다 보면 아는 것보다 모르는 것이 더 많습니다.
모른다는 사실을 알고 있는 것은
절반의 지혜를 가지고 있다는 것입니다.

시각의 차이

일수사견(一水四見)이라는 말이 있습니다.
같은 물이지만 하늘에서는 보배로 보고
사람은 물로 보고
아귀는 피고름으로 보고
물고기는 삶의 터전으로 본다는 뜻입니다.
같은 대상이지만 보는 사람의 인식과 상황에 따라
각각 다르게 보인다는 의미입니다.

여름 장사를 하는 사람에겐 여름이 달갑고
겨울 장사를 하는 사람에겐 여름이 달갑지 않습니다.

우리는 자기의 잣대로 상대방을 평가하는 경우가 많습니다.
대단히 위험한 사고방식일지도 모릅니다.
그건 본질을 왜곡할 수도 있기 때문입니다.
서로 다름을 인정하고 역지사지의 자세로 세상을 바로 볼 수 있는
눈을 키우면 본질을 왜곡하는 우(愚)를 조금은 벗어날 것입니다.

제일 좋은 사람

제일 좋은 사람은 어떤 사람일까요?
나를 웃을 수 있게 하는 사람?
나를 슬프지 않게 하는 사람?
나를 언제까지나 사랑해주는 사람?
위험에서 구해주는 사람?
이렇게 생각하다 보면 세상엔 좋은 사람이 너무나 많습니다.
그중에서도 제일이라고 말할 수 있는 사람은
나를 편하게 만들어 주는 사람이 아닐까 합니다.

맛있는 사람

씹으면 씹을수록 단맛이 빠지는 껌 같은 사람보다
씹으면 씹을수록 단맛이 나오는 쌀과 같은 사람.
멋진 사람보다
맛있는 사람이고 싶습니다.

준비

링컨은 "나무를 베는 데 한 시간이 주어진다면
도끼를 가는 데 45분을 쓰겠다"고 했습니다.
이런 마음 자세와 실천이 있었기에 위대한 대통령이 될 수 있었습니다.
그만큼 준비가 중요하다는 것이겠지요.
준비된 사람은 두려움이 없습니다.
준비가 되지 않은 사람은 기회가 와도 잡지를 못합니다.

성찰과 참회

성찰과 참회가 없으면 잘못을 하게 되는 경우
그로 인한 비극적 상황에서 오는 감각을 무디게 만듭니다.
그래서 같은 잘못을 다시 하게 되는 것입니다.

성찰은 나를 돌보는 것이고
참회는 반성이라기보다는
나의 길을 되짚어보는 일입니다.

자만 1

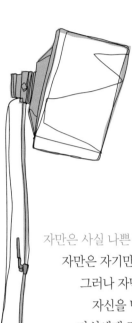

자만은 사실 나쁜 말이 아닙니다. 내가 나에게 주는 기쁨이 자만이니까요.
자만은 자기만족의 준말입니다. 자만은 자신감과 일가친척입니다.
그러나 자만이 위험한 것은 자기만족이 자만이기도 하지만
자신을 만만하게 생각하는 것도 자만이기 때문입니다.
자신에게 경계를 주지 않고 만만하게 보니 위험할 수밖에요.

가난

가난해서 서글프십니까?

가난이라는 것이 다 나쁜 것은 아닙니다.
가난해서 좋은 점은
나의 존재를 돈으로 보는 사람이 자동으로 걸러진다는 것입니다.
그들은 내 앞에서 가식적으로 웃고, 가식적으로 울며
가식적으로 음식을 만들어 주기도 합니다.

만약 당신이 가난하지 않았다면
지금도 가식적인 사람과 함께 식사를 하고
가식적인 사람과 잠을 자고 있었을 것입니다.
이보다 더 끔찍한 일이 있을까요?
당신은 가난 때문에 끔찍한 일에서 벗어나게 된 것입니다.
이것이 가난이 당신에게 주는 최고의 선물입니다.

밑바닥으로 떨어졌다고 좌절하진 마십시오.
밑바닥은 인생의 종착지라기보다는
딛고 올라설 디딤돌이기도 하니까요.

집착 2

집착이 강하면 뼈도 썩게 만든다고 합니다.
집착이 강한 사람은 스스로에게 고통을 줍니다.
그렇기에 경제적으로는 풍요로울 수 있으나
자기의 마음은 언제나 가난으로 어렵게 됩니다.
세르반테스가 이런 말을 했습니다.

**"집착을 버려라.
그러면 세상에서 가장 부유한 사람이 될 것이다"라고.**

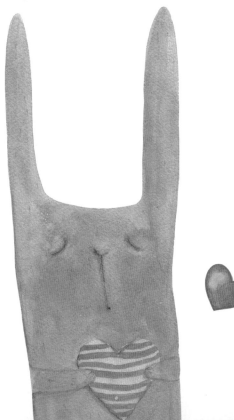

사랑과 연민의 차이

연민은 사랑의 계기이고 한 단면이기도 하지만
사랑의 전부는 아닙니다.

만약 당신이 그 사람과 같이 있으면 기쁘고
떨어져 있으면 슬프면 그건 사랑이고
그 사람이 슬픈 일이 있을 땐 슬프지만 기쁜 일이 있을 때
내 일처럼 기쁜 마음이 생기지 않으면 그건 연민입니다.

그렇기 때문에 연민으로 이루어진 결혼은 위험합니다.
그건 슬픈 일이 생길 때만 발휘되는 감정이니까요.
또한 그 상대를 불쌍함의 대상으로만 보는 것은
상대를 위해서도 못할 짓이니까요.

말의 주인

비록 말이라는 것이 자기의 입에서 나오는 것이지만
때론 하는 사람의 것이 아닌 듣는 사람의 것일 수도 있습니다.

그렇기 때문에 경솔하게 해서는 안 되는 것이 말입니다.

자만 2

태어나면서 잘난 사람이 있습니다.
공자가 그러했습니다. 공자는 결코 아는 체 하는 사람이 아니었는데도
그의 면모는 저절로 밖으로 풍겨 나왔습니다. 공자는 자신의 능력을 믿고
제자들이 공부에 소홀히 할까 염려되어 자주 이런 말을 했다고 합니다.
"이웃 마을에도 나만큼 성실하고 신의 있는 사람이 있겠지만
나만큼 배우기를 좋아하는 사람은 없을 것이다."
이 말은 자신의 재능에 자만하지 말고 경계하며
공부를 게을리하지 말라는 말이기도 합니다.
만약 공자가 자신의 재능을 믿고 자만했다면
오늘날 성인으로 추앙받지는 못했을 것입니다.

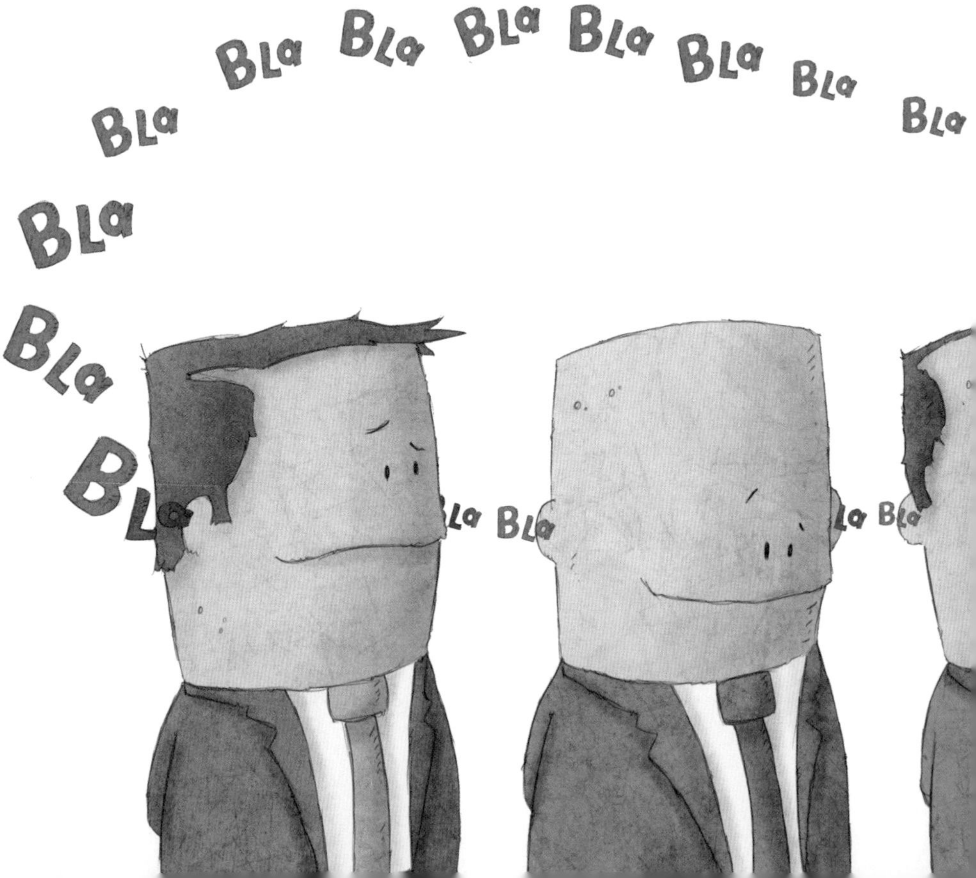

Bla
Bla
Bla
Bla
Bla
Bla
Bla
Bla
Bla
Bla
Bla
La Bla
La Bla

반성

반성은 되돌려 살펴본다는 말입니다.
그렇기에 반성은
깊은 사색과 자기성찰의 결과로 나오는 것입니다.
잘못을 해놓고 반성할 줄 모르는 사람들은
자기성찰을 못하는 사람들입니다.
그런 사람들의 말은 거부해도 됩니다.

차별

세상사 시공간에서 차별을 둔다는 것이
꼭 나쁜 것만은 아닙니다.
인종 차별이니 남녀 차별이니 하는 것은
비인간적이기 때문에 없어져야 할 것이지만
인간에게 등급을 매겨 하는 차별은 그다지 나쁜 것이 아닙니다.

다만 사람의 사회적 지위나 빈부의 차이가 아닌
인간성으로 등급을 매겨야 합니다.

잘못된 차별은 우리의 인권을 병들게 합니다.
과거 우리가 당연하다고 생각하며 썼던 단어, 살색과
바른손도 차별에서 비롯된 산물이었습니다.
살색은 인종 차별을 하기 위해
우월하다고 생각했던
사람들이 만든 차별이었고
오른손이 바른손이었다면 왼손은 바르지 못한 손이 되었던 것입니다.
오늘날 살색은 살구색으로 바뀌었고, 바른손은 오른손으로 바뀌었습니다.

가끔씩은 '내가 알고 있는 익숙한 것들이 진짜일까?' 하는
생각을 하며 살아야겠습니다.

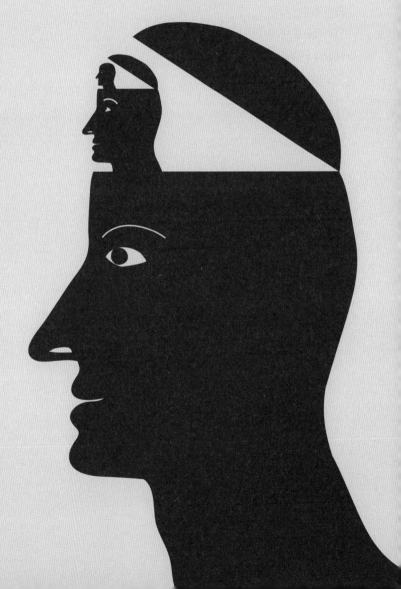

권력

권력이라는 것은
정치적으로만 해석되는 것이 아니라
생명의 근본 현상입니다.
누구나가 힘을 갖고자 합니다.
그건 생존에 필요한 것입니다.
그 자체만으로는 나무랄 게 아닙니다.
너도 권력자이고, 나도 권력자입니다.
다만 진정한 권력자와 썩은 권력자가 있을 뿐입니다.
니체가 말했습니다.
"진정한 권력자는 사랑을 할 줄 아는 자"라고.

그러니 사랑을 할 줄 모르는 자가 권좌에 오르면
그 나라가 피폐해질 수밖에요.
피폐해지지 않으려면 사랑을 하면 되고
사랑을 하려면 사람에게 잘하면 됩니다.

사람 사는 세상에선 사람이 전부입니다.

언론

법원이 어느 언론인에게 내린 판결문에 이런 말이 있습니다.

언론의 자유는 인간 존엄의 핵심 가치이며
국민행복추구권에 필수불가결한 요소이자
국가권력을 합리적인 방법으로 감시 통제하는 수단이다.

언론이 바로 서면 그 나라는 건전하고 강한 나라가 될 것입니다.
반대로 언론이 썩으면 그 나라도 부패하게 됩니다.
그래서 프랑스는 제2차 세계대전 직후에
나치에 붙었던 언론인부터 척결했나 봅니다.

비루한 삶

세상에서 가장 비루한 삶은

물질과 미색에 미혹되어
사람과 양심과 영혼을 배신하며
사는 삶입니다.

당신이 만약
그렇지 않은 사람이라면
잘 살고 있는 것입니다.

어리석은 삶

많이 가지려고만 한다면 당신의 삶은
곧 시궁창에 버려진 자전거 신세가 될지도 모릅니다.

탐욕은 타락의 지름길이니까요.

사람을 찾는 이유

사람은 누구나 외로움을 경험합니다.
그래서 사람을 찾습니다.
그런데 어쩌면 꼭 외로워서 사람을 찾는 것이 아니라
사람이 사람에게 주는 고통에서 벗어나기 위해
또 다른 사람을 찾는 것은 아닐까요?

깨달음

우리는 삶의 밑그림도 그리고 완성된 그림도 그립니다.
그것을 계획이라고 부릅니다.
그러나 계획대로 되지는 않습니다.
지도가 실제 지형과 다르면 지도가 잘못된 것이듯
계획대로 잘 되지 않는다면
혹시 당신이 그린 그림이 잘못된 것이 아닐까요?
그러나 너무 좌절은 하지 마세요.

우리는 많은 시행착오를 거친 후에 깨닫게 되니까요.
그러면서 그림을 수정해 나가는 것이 아닐까요?
그 과정이 바로 인생입니다.

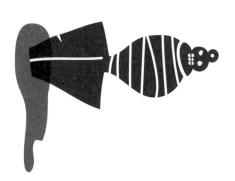

웃음 4

세르비아에는
'죽은 아들 앞에서 부모가 계속 웃으니까 죽은 아들이 살아났다'는
전설이 있다고 합니다.
부탄에는 고아도, 노숙자도 없다고 합니다.
부탄 사람들의 행복 조건에는 '당당한 자존감'이 있습니다.
그들은 어려서부터 자연의 섭리를 통해
인간을 배려하는 예의를 배운다고 합니다.
그래서 그들의 복장은 언제나 정갈합니다.
돈과 명예를 내세우는 우리들과 달리, 가난하지만 가난을 불편해 하지 않고
마음의 평화를 갈망하는 자신들만의 고유함을 지키고
살아가기에 가능한 일입니다.

POST CARD

삶이 어렵더라도 비관만 하는 삶보다 자신감을 가지고
긍정적인 안목으로 현실을 바라본다면
분명히 행복은 우리 자신으로부터 시작되는 것을
발견할 수 있을 것입니다.

지금, 나에게 필요한 것들

1판 1쇄 인쇄 2016년 11월 18일
1판 1쇄 발행 2016년 11월 25일

지은이 오광진
펴낸이 임종관
펴낸곳 미래북
편 집 정광희
본문디자인 디자인 [연:우]
등록 제 302-2003-000026호
주소 서울시 용산구 효창동 5-421호
마케팅 경기도 고양시 덕양구 화정동 965번지 한화 오벨리스크 1901호
전화 02)738-1227(대) | 팩스 02)738-1228
이메일 miraebook@hotmail.com

ISBN 978-89-92289-88-7   03810